縁《えにし》 或る武家のものがたり

仙台藩・無名武士の二百八十年

伊藤真康
ITO MASAYASU

幻冬舎MC

縁《えにし》 或る武家のものがたり

―仙台藩・無名武士の二百八十年―

【序】

この物語は、陸奥《みちのく》の片田舎から現れた、全く無名の武家が記した、戦国から明治までの八世代・二百八十年の軌跡である。

この武家が太閤・豊臣秀吉の治世時、奥州の雄・伊達家に仕官するところから、物語は始まる。或る時は歴史の荒波に激しくもまれ、また或る時は歴史を変える大事件に関わりながら、家の栄華を極め、やがて厳しい現実に苦悩し、武家の時代が黄昏時を迎えるとともに、彼らは露と消えていった。

歴史は勝者が作り、敗者は消えるのみ……といわれるが、勝者となった為政者や、偉人と讃えられた大人物だけではない。敗れ去った者、市井の名もなき者もまた、人としての営みの中で、歴史を動かし、歴史を形作っている。

目次

第一章　忠《ちゅう》と義《ぎ》と誉《ほまれ》と

文禄五年（一五九六）～正保二年（一六四五）

【主な登場人物】

《伊藤家↓伊藤三右衛門家》

伊藤《いとう》肥後《ひご》信氏《のぶうじ》　元・葛西家に仕えた無名の武士。豊臣秀吉の「奥州仕置」以後は浪人となり、息子の三右衛門氏定とともども、諸国を放浪していた。

伊藤三右衛門《さんえもん》氏定《うじさだ》　伊藤肥後信氏の嫡男。

伊藤満蔵《まんぞう》（のち三右衛門輔氏《すけうじ》）　伊藤三右衛門氏定の嫡男。

《片倉家》

片倉小十郎景綱（のち備中守景綱）　伊達家重臣。主君・伊達政宗の信頼厚く、才覚優れ、慈悲深く懐深い人間性は、京や大坂詰めの大名たちにもその名を轟かせた。

片倉小十郎重綱　景綱の嫡男。眉目秀麗な若武者として人気を博し、大坂の陣の目覚ましい働きで、世に「鬼の小十郎」と讃えられる。

《伊達家》

伊達政宗　伊達家当主、初代仙台藩主。大名・武将としての器量に優れ、この時代誰からも一目置かれる存在。

五郎八姫《いろはひめ》　伊達政宗の長女。東国一の美女と謳われる聡明な姫君。徳川家康六男・松平忠輝に嫁ぐも、離縁されて伊達家に戻ってきた。

《長宗我部家》

阿古姫《あこひめ》　戦国大名・長宗我部元親の娘。風雅の道を心得、和歌や源氏物語などの知識に長けている。

長宗我部盛親　長宗我部元親の四男、阿古姫の兄。関ヶ原の合戦で西軍に、大坂の陣では豊臣方に加勢。

《その他》

大内勘解由定綱《かげゆさだつな》　かつての伊達家の仇敵、二本松家や蘆名家に仕えた武将。登場人物の回想でのみ登場。若き日の伊達政宗を翻弄し悩ませることしきり。政宗から激しく憎まれるも、のち伊達家に仕える。

前《まえ》田《だ》澤《ざわ》兵《ひょう》部《ぶ》少輔《しょうゆう》　二本松家、蘆名家に仕えた武将。一時期は大内勘解由定綱の与力で、伊達家と対立したこともあった。本姓は伊藤。

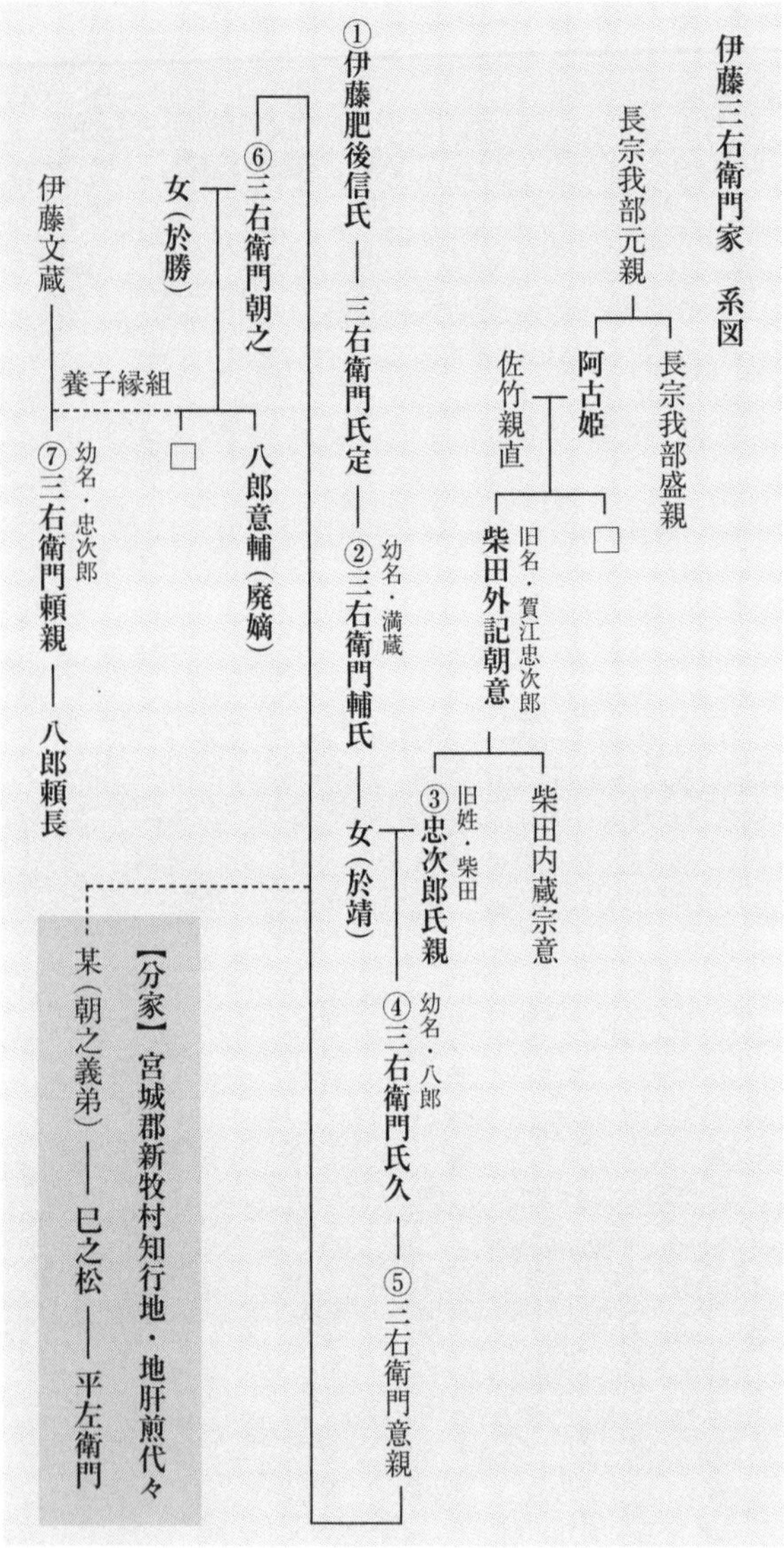

仕官

時は太閤・豊臣秀吉の治世、文禄五年（一五九六）の初夏。京の都の南にある伏見――。古《いにしえ》のみやこびとに愛された、風光明媚な巨椋池《おぐらいけ》が眼前に広がる「指月《しげつ》」と呼ばれるこの地に、秀吉は聚楽第《じゅらくだい》に代わる政治の一大拠点・伏見城を築城。従う大名たちも、こぞって城下に屋敷を構え始めていた。

元々指月の地は、月見の名所とされ、平安貴族が好んで別荘を構えたという逸話が残る。秀吉もこれに倣い、関白の座を甥の豊臣秀次に譲ったのち、隠居所をこの地に構えていた。

しかし、その秀次が前年に失脚し、自刃して果てた。秀次に譲っていた聚楽第の破却が決まり、秀吉の権力再掌握とともに、政治の中心がこの指月に移動し始めていたのである。

初夏を迎えた巨椋池は、名物の蓮が競って花をつけ、岸辺はまばゆい緑と薄桃色で覆われていた。

その伏見城下に、このほど新たに完成した奥州の雄・伊達政宗の屋敷があった。政宗の側近中の側近、片倉小十郎景綱は、家中に降りかかる数多《あまた》の難題に頭を悩ませつつ、土壁も乾かぬうちからこの屋敷に張り付き、政務に多忙な日々を過ごしている。

そんな折、遠く東国から、二人の侍が小十郎を訪ねてきた。

侍は父と息子で、父は伊藤肥後信氏、息子は伊藤三右衛門氏定という。

伊藤家は代々、源頼朝の奥州征討以降、奥州の地を治めた葛西家に仕えたが、その葛西家は、先年の秀吉の「奥州仕置」で、小田原参陣に応じなかったことを理由に、隣地を所領としていた大崎家ともども改易となり、家臣団は跡形もなく解体。浪人となった伊藤家は一家離散の憂き目に遭い、父と息子はただ二人、行く当てもなく、諸国を放浪していた。

二人とも揃って、険しい放浪の旅の軌跡を刻むような、皺《しわ》だらけの顔、浅黒い肌に瘦せこけた体躯《たいく》であった。

しかし「これぞ伊達者」と、京の都で洒落者として名を上げつつあると聞く、伊達政宗の屋敷を訪ねるにあたり、粗相があってはならないと考えた親子は、着物だけは何とか新たにあつらえて臨み、これが妙に浮いて見えた。

「申し上げます。伊藤肥後殿、三右衛門殿、小十郎様にお目通りを願い出ております」

「おお、来たか。早速通せ」「ははっ」

「伊藤肥後信氏、罷り越しました。此度《こたび》は片倉小十郎様に目通りが叶い、恐悦至極《きょうえつしごく》に存じ奉ります。こちらに控えるは倅《せがれ》、三右衛門氏定にございます」

「伊藤肥後が嫡男、三右衛門氏定にございます。此度はご尊顔を拝し、恐悦至極に存じ奉ります」

「遠路大義！　肥後殿に三右衛門殿、よう参られた。ささ、固い挨拶は抜きじゃ。おう、茶を持って参れ！」「ははっ」

「肥後殿、之《こ》は京で名高い宇治の茶ぞ。さあ召し上がられよ。遠慮なぞ無用じゃ」

　小十郎、信氏、氏定は、出された宇治茶を音を立ててすすった。

「有難き仕合《しあわ》せ。この肥後、かようなまでに美味い茶、生まれて初めてにござる……。いや失礼仕《つかまつ》りました。此度は片倉様の格別の思し召しにより、伊達家に仕官叶い、何と御礼申し上げてよいやら……。倅ともども、感涙にむせんでおります」

　この親子が伏見伊達屋敷を訪れたのは、このためであった。信氏が小十郎に宛てた、伊達家仕官を願う文が彼の目に留まり、幾度か文を交わすうち「ぜひ伊達家に仕官を」と、小十郎の誘いがかかったのだ。

「先年の奥州仕置以来、葛西衆に大崎衆、皆路頭に迷い、太閤殿下の『牢人取締令』でさらに行き場を失い困窮していると聞く。むごいことじゃ。葛西遺臣の肥後殿も、さぞ苦労なされたことであろう」

「はっ、仰せのとおりにございます。それがしも一度は南部家に仕官したものの、どうしても家中になじめず、倅ともども、諸国を浪散する日々。行く当てもなく、路銀も底をつき、明日をも知れず……いっそ二人で腹を切って果てんかと、幾度思案したことか……」

不意に、信氏の膝に涙がこぼれ落ちた。斜め後方に身を固めて座っていた氏定がこれに気づき、慌てた。

「父上……。片倉様、誠にお見苦しいところを。申し訳次第もございませぬ」

「いや三右衛門殿、苦しゅうない。儂《わし》も肥後殿やそなたの苦境を思うと、涙が落ちそうじゃ……。ときに肥後殿、そなたから届いた書状で、当家・伊達家にそなたを召し抱えようと、儂が決めた理由は何か分かるか?」

「いえ……」

「肥後殿の書状で『我が故地登米《とめ》郡、桃生《ものう》郡、いずこも見る影なく荒廃し、民百姓は困窮に喘《あえ》ぎ候。見るに忍びなく、何としても伊達様のお力を借りて建て直したく候、云々』とあったな。肥後殿も重々承知であろうが、先年の葛西大崎旧領の一揆、民百姓を軽んじ、悪政を恣《ほしいまま》にした木村吉清《よしきよ》の追放は成ったが、肥後殿の申すとおり、田畑《でんぱた》は見る影もなく荒れ果ててしまうた。民百姓の暮らしのため、一日も早《はよ》う領内の再建にかからねばならぬ。それには肥後殿の如く、旧主に仕えて土地勘に長け、数多の民と交わってきた者、何よりも、あの地を愛する者の力が、何としてもほしいのじゃ」

「ははっ！　恐れ入りましてございます」

葛西大崎旧領は、奥州仕置ののち、元は明智光秀の家臣で、秀吉に気に入られ、取り立てられた木村吉清の所領となった。ところが、所詮「他所者」に過ぎず、また五千石の小領主から急に三十万石の大名に成り上がった吉清は、民情把握も不十分なまま、苛烈な年貢取り立てや刀狩りなど、強引な施策を取り続けた結果、憤激した地侍や百姓らの蜂起、「葛西大崎一揆」を招いてしまった。

これにより木村吉清は改易となり、旧領は伊達政宗の所領となったが、田畑は戦乱や百姓衆の逃散《ちょうさん》などで、荒廃の極みにあったのである。

小十郎は続けた。

牢人取締令　天正一八年（一五九〇）以降、豊臣秀吉が発布した法令。奉公先も田畑も持たない武士（＝牢人・浪人）を追放するよう命ずるもの。

「それにな、我が主人……殿は今、大変な苦難のさなかにおられる。葛西大崎一揆の処断を巡り、蒲生《がもう》飛騨守といざこざがあったばかりか、ご自害なされた前関白様《さきの》（豊臣秀次）とは親しく交わられた。これらが仇となり、太閤殿下には常々謀反を疑われ、国へ帰ること許されず、ここ伏見から一歩も出られぬ『籠の鳥』。殿は一日も早う国元へ戻られ、御自らの手で国を建て直したいと願っておられるが、到底叶わぬことなのじゃ」

「左様でございましたか……」

「それればかりではない。殿や儂ともども、幼少のみぎりより虎哉《こさい》禅師の下でともに学んだ伊達安房守殿（伊達成実《しげざね》）、茂庭左衛門殿（茂庭綱元《つなもと》）が、殿とどうしても思うところが食い違い、我慢ならぬと出奔してしまった。殿のお嘆きは止まることを知らぬ。いわば両腕をもがれたに等しい。さらには殿の叔父御の三河守様（国分盛重《こくぶんもりしげ》）は佐竹家に、お母上様（保春院《ほしゅんいん》）は最上家に去ってしまわれた。ここだけの話、三河様は無能の極みであったが……。あれだけ殿をお支えなされたお母上様まで失《うしの》うては……。せめて我が姉・喜多《きた》に蟄居《ちっきょ》を命じられることなく、傍近くに仕えさせておけばとも思うが……今申しても詮《せん》なきことだが」

小十郎は、遠くを見つめるような目でしばし語ったのち、ふと我に返った。

「おっと、話が逸れたな。失敬。とにかく我が伊達家は今、動くに動けぬ殿をお支えいたすため、一人でも多く才に長けた者がほしい。殿も常々仰せじゃ。他家に仕えた者でも、町人でも商人《あきんど》でも、誰か優れた者はおらぬかと。例えば大内勘解由殿《かげゆ》（大内定綱《さだつな》）、存じておるか」

「二本松家、蘆名家に仕えたあの大内様、伊達の殿様を再三にわたり裏切った……」

「ははは、そうじゃ。勘解由殿は昔、若かりし頃の殿を家来衆の面前で愚弄するわ、挙句の果てに、仕えるように見せかけて裏切り、戦《いくさ》になるわで、殿に散々煮え湯を飲ませたものじゃ。『勘解由！　彼奴《きゃつ》は幾ら八つ裂きにしても、し足りないわっ！』と、昔の殿は大層お怒りでござったが、伊達家に仕えた今は、殿からも『家中でも一、二を争う忠義者じゃ』と讃えられておる。勘解由殿お得意の権謀術数で、諸大名の家中の者と誼《よしみ》を通じ、豊臣の家中にまで『草《くさ》』

蒲生飛騨守　蒲生氏郷（一五五六〜九五）豊臣秀吉の天下統一に貢献した戦国大名の一人。伊達政宗旧領の会津に所領を得て、政宗のけん制役となったほか、「葛西大崎一揆は政宗が扇動した」と秀吉へ告発。政宗と激しく対立する。
虎哉禅師　虎哉宗乙（一五三〇〜一六一一）臨済宗妙心寺派の僧侶。伊達政宗の父・輝宗により伊達家に招請され、政宗の学問の師となる。
喜多　片倉喜多（一五三八〜一六一〇）片倉小十郎景綱の姉。伊達政宗の乳母・養育係を務めたが、政宗の勘気に触れ、蟄居を命ぜられる。

を放ち、内情を探らせておる。太閤に睨まれている今、これが大層伊達家の助けになっておるのだ」

「勘解由殿はこう仰せじゃ。『儂は殿に心底惚れ申したのだ。殿と刃を交えたからこそ分かる。殿ほどの器量傑《すぐ》るる大名は、この日の本、どこを探してもおられぬ』『伊達家こそ我が生涯最後の奉公先。殿のために命を賭《と》す』。連日張り切っておられる」

「あの大内様が、そこまでの忠義、そこまでのお働きを……」

「肥後殿、そなたの気概、数多の苦難に打ち勝つその力さえあれば、勘解由殿にも負けぬ、家中で幾らでも存分な働きができよう。伊達家のために力を貸してくれるな」

「ははっ！　この肥後、粉骨砕身、急度《きっと》片倉様のご恩に報いまする」

「そは重畳《ちょうじょう》。この小十郎、肥後殿のこれからの働き、大いに期待しておるぞ……ああ、忘れておった。ときに肥後殿、京の都は初めてか？」

「はっ、初めてでございます。あまりの広さ、きらびやかさ。田舎者のそれがしには右も左も分からず……」

「ははは。国に帰るまでまだ日があろう。召し抱えにあたり、殿からの御下知が下るまで、今しばらく時がかかる。しばらくはゆるりと、都見物でもしていかれるが良い。路銀が入用《いりよう》なら儂が用立てる。我が家中の者に遠慮なく申されよ」

「ははっ！　有難き仕合せにございます！」


伊達屋敷を辞した二人は、小十郎の勧めのままに路銀を受け取り、伏見から京へ足を向けることとしたが、京の左京まで、北へおよそ二里半。日は西の空にとっぷりと傾いていたことから、この日は伏見で一泊し、翌日改めて京の町へ向かうこととした。

「父上……片倉様とは、何と懐の深い、慈悲深いお方でございましょう」

「そうさのう。父も片倉様と初めてお目通りが叶い、懐の深さに驚いた。人の上に立ち、家中をまとめる武将はかくあるべきじゃな。文を交わしてきたとは申せ、お目通りが初めてな気がせぬ。まるで幾度もお会いしたかのようじゃ。不思議なことじゃが、懐かしささえ覚える」

「これぞ伊達者と名高い伊達のお殿様にして、片倉様の如き家臣あり。仕官のし甲斐《がい》がある家と思います、父上」

「おぬしの申すとおりじゃ。聞いたか三右衛門。片倉様は、伊達の殿様の申されよう、三河守

重畳　この上もなく満足なこと、結構なこと。

様への苦言、豊臣家に『草』を放つ話まで……初めて会《お》うた、浪散の身の我らにする話ではない。それだけ我らに信を置いて下され、忌憚なく思うところを話された。葛西旧臣の我ら、所詮は他所者のはず。それをここまで快く、伊達家に迎えようとなされているのだ」

「そうですな、父上。それがしも驚いてござる」

「それに、あの奸臣《かんしん》の悪名高き大内勘解由……もとい、あの勘解由様が手の平を返して惚れ込むほどの殿様とは、いかほどのお方であろうか。家中のお歴々の出奔はちと気になるが……。三右衛門、国に帰ったらともに汗を流して働こう。屋敷も早く建て直したいものだ」

「はい、父上！」

京見物を終えた二人は、これから待つ新たな役目と暮らしの建て直しに気を引き締めながら、無事に国元へ帰還した。帰還前、信氏は新たな主君となる伊達政宗から発せられた「知行《ちぎょう》宛行状《あてがいじょう》」を受け取り、この書状をもって信氏は、正式に伊達家家臣の一員となった（この知行宛行状の内容については、のちほど記す）。

さて、このしばらくあと……この年の九月五日、伏見を震源とする巨大地震が発生、世にいう「慶長伏見大地震」である。

信氏・氏定親子が訪れた伏見伊達屋敷は、伏見城ともども、あえなく倒壊してしまった。完成からわずか数か月の出来事だった。前述のとおり、城・屋敷は巨椋池の岸辺にあり、地盤が軟弱であったことが、被害を大きくしたのである。

この指月の伏見城は即刻放棄され、間髪を置かず北東の「木幡山《こはたやま》」へ城は移動。城下町も一からの再建を余儀なくされた。太閤の圧迫に苦心していた、政宗、小十郎ら屋敷詰めの伊達家関係者は、さらなる苦難にあえぐこととなる。

この巨大地震をきっかけに、一〇月に元号が「慶長」に改元されたが、その後も日本各地で、大規模地震が度々発生している。

領国で新たな役目に就いた信氏・氏定親子は、どのような思いで、伏見の惨状の報を受け取ったであろうか。

大崎旧領へ

慶長一〇年（一六〇五）――。

葛西旧臣・伊藤肥後信氏が伊達家に仕え始めて、約十年の歳月が流れた。

その約十年前、伏見伊達屋敷で、主従の証として信氏が受領した、伊達政宗からの「知行宛行状」はこのとおりである。

志田《しだ》郡《ぐん》宮内村《みやうちむら》、都合廿貫文《にじゅうかんもん》（目録等別紙）全て領知《りょうち》す可《べ》き者也《ものなり》、仍《よっ》て件《くだん》の如《ごと》し。

文禄五年〇月〇日　大崎少将《おおさきしょうしょう》政宗（花押）

伊藤肥後とのへ

大崎少将政宗とは、当時の伊達政宗の名乗りで、信氏に対し「知行地《ちぎょうち》」として、伊達家領内の志田郡宮内村（今の宮城県大崎市古川宮内）に二十貫文（二百石）の領地を与えるという内容である。

また信氏は、これと同時に「物頭役」、いわゆる足軽頭に任ぜられ、武家身分は「平士《へいし》」となった。平士の家格は、伊達家の武家身分では下から三番目。中・下級武士の位置づけとなるが、その人数は伊達家に仕える武士の一割強を占め、「頭《かしら》」、すなわち各種役職の長を務め、家中を下支えする家臣団の主力である。

ここで、伊達家・仙台藩の主従関係と、土地支配の構造について述べておきたい。伊達家

「地方知行制」のしくみ　～蔵入地と知行地～

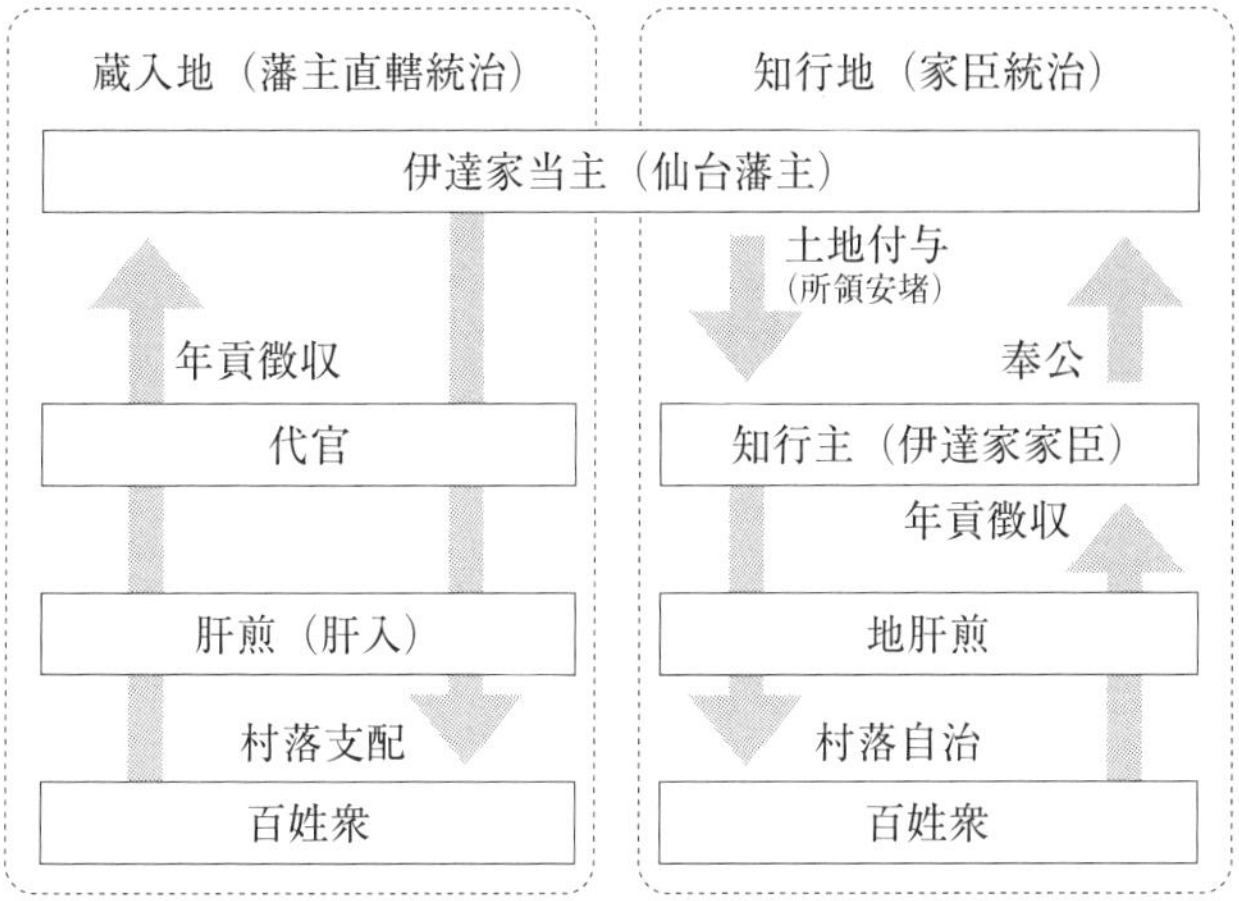

は家臣を召し抱える場合、俸禄を金銭ではなく土地で与える「地《じ》方《かた》知《ち》行制《ぎょうせい》」を採っていた（図を参照）。

藩主から与えられた土地は「知行地」と称し、ここで家臣は村落の自治を主導し、独自の年貢徴収の権利を与えられ、これを収入源としている。また家臣は、城などに参勤して藩主の下での役勤め（奉公）にあたるとともに、家臣が直接、または土地管理者たる「地《じ》肝煎《きもいり》」を介して知行地の耕作管理、年貢の徴収を行う、すなわち「半農・半武士」の二重生活が基本である。生活の便のため、藩主の居城下に構えた屋敷（町屋敷）と、知行地に構えた屋敷（在郷屋敷）両方を有していることも多い。

他方、知行地に対し、藩主が直接統治する土地を「蔵入地《くらいりち》」と称し、こちらは代官から村長格の百姓である「肝煎」を通じて百姓衆を支配下に置き、藩主の収入源たる年貢を徴収している。

この地方知行制、伊達家・仙台藩では、明治維新後の版籍奉還（明治二年＝一八六九年）の際に、制度として廃止されるまで続いている。この物語では、この地方知行制が、登場するほぼ全ての武士の身分形成や暮らしぶりに多大な影響を与えており、物語の進行にあたり、この制度が頻出するため、読者諸兄のご理解をお願いしたい。

さて信氏は、故地の葛西旧領に帰還することを望んでいたが、あてがわれたこの「志田郡宮内村」は、信氏の意に反して大崎旧領であった。片倉小十郎景綱は、葛西旧領の知行が実現しなかったことを信氏に詫びたが、小十郎に厚い恩義を感じていた信氏にとって、もはやそこは拘るところではなかった。

この宮内村知行地は、後世「大崎耕土」と美称される大変肥沃な土地であり、二十一世紀の現代もなお、広大な美田が広がる地である。だがこの時、御多分に漏れず、葛西大崎一揆の後遺症で田畑はひどく荒廃していた。知行地に隣接する「師山城《もろやまじょう》」が、一揆勢の大崎旧臣が立て籠もる拠点となり、鎮圧に向かった伊達勢の激しい攻撃に晒されたことから、田畑が双方の軍勢にひどく踏み荒らされてしまった。もはや耕作は叶わぬと、絶望のどん底に突き落とされた百姓衆の多くが、土地を捨てて逃散してしまったのである。

「覚悟して参ったとは申せ、これはひどい有り様じゃ……」

「父上、一体どこから手を付けて良いものやら……」

「旦那様、この有り様で我らの暮らし、成り立ちましょうや……」

信氏親子は、長く離散し、相次ぐ戦乱を掻《か》い潜《くぐ》りながら生き延びてきた葛西家時代からの使用人らを呼び寄せ、宮内村へ足を踏み入れたが、眼前に広がるあまりの惨状に、一同皆途方に暮れてしまった。

村にあった元の侍屋敷や百姓家は、戦乱のさなか、火を放たれことごとく焼け落ちており、彼らの最初の仕事は、住む場所の確保となった。耕作放棄された田畑の荒れ様は、少し土を掘れば、武具の欠片や軍馬の骨、時には人骨までもが現れるほどであった。

しかし信氏親子らは、こうした逆境に怯むことはなかった。かつての一家離散、諸国を彷徨《さまよ》い自害も考えた地獄の如き日々。それらに比べれば、たとえ荒れた田畑だろうと、今ここに、確実に生活を営める地を与えられているのだ。

以後、使用人や足軽衆、新たに入植した百姓衆らとともに、懸命に田畑の復旧に努め、信氏も連日、自ら鍬を握り続けた。その努力の甲斐あって、田畑はこの十年の間に目覚ましい回復を見せ、米の収量も年々増えていった。

また、ようやく生活が落ち着いてきたところで、息子の氏定が嫁を娶り、やがて嫡男にして信氏の初孫・満蔵が誕生している。

一方、登米郡や桃生郡など葛西旧領の田畑も、再び入植した、かつての信氏の同志である葛西旧臣・百姓ら、あるいは新たにやってきた伊達家の者たちの努力の甲斐あって復旧が進み、この地をこよなく愛してきた信氏にとって、それは何よりも喜ばしいことであった。

――葛西の御屋形様、ようやく我らが田畑、元に戻りましてございます……。

――小十郎様、このご恩決して忘れませぬ……。

亡き旧主・葛西晴信《はるのぶ》と、恩人・片倉小十郎景綱に向けて、信氏は田畑の向こうの空を仰ぎながら、噛み締めるようにつぶやいた。

信氏が仰ぐ空の向こうには、旧くから権現信仰で人々の崇敬を集める秀峰「船形山」がそびえ、その峰々は人々の田畑の営みを見守り続けている。

　この時代の、知行地持ちの家臣の例に漏れず、信氏も基本は「半農・半武士」生活であり、時折、城へ参勤していた。当初は知行地から四里ほど離れた主君・伊達政宗の本拠「岩出山《いわでやま》城」への参勤だったが、数年後には、本拠が新設の「仙台城」に移った。

　政宗に謀反の疑いをかけ続けた豊臣秀吉が没し、慶長五年（一六〇〇）、内府・徳川家康から命を受けた上杉景勝征討（慶長出羽合戦）を機に、政宗はようやく所領へ帰還。気分新たに、新たな城で、自ら陣頭指揮を執っての国造りを始め、領内はにわかに活気づいてきた。一時出奔していた政宗の側近・伊達安房守成実、茂庭左衛門綱元の両名も、すでに帰参を果たしており、再び政宗の両腕として、活発に動き回っている。

　ただ、宮内村から仙台城へは十里ほど。信氏の参勤はかなり大変なものとなり、城勤め中の寝泊まりの場として、仙台城下に新たに小さな屋敷を構える必要があった。

　片倉小十郎景綱とは、身分の違いや互いの忙しさもあり、その後の目通りは叶っていないが、頻繁に文を交わしている。信氏は小十郎に、自身の知行地の近況や作物の取れ高、葛西大崎旧領の現状などを事細かに報告し、それは小十郎にとっても、領国経営に役立つ重要な情報をもたらすものであった。

小十郎から届く文には、信氏への労《ねぎら》いの言葉が欠けることはなかった。自分のような下々の侍でも相手をしてくれ、細やかな心配りをしてくれる。そんな小十郎の懐の深さや慈悲深さが、文ににじみ出ていた。

一方で、嫡男の左衛門（のちの片倉小十郎重綱）への苦言や愚痴も、時折したためられていた。「肥後殿は立派な嫡男を持たれた。比して我が倅は……」。左衛門は主君・伊達政宗の近習となり、政宗や重臣らが、才知に富む左衛門の将来に、大いに期待を寄せているという噂が広まっているだけに、意外に思われた。

「小十郎様は慈悲深いお方だが、御自身や御身内には、殊のほか厳しいお方でもあるのだ」

「かように心根を書きつけられるのは、小十郎様の信頼の証。有難きことよ」。信氏はそう理解した。

出陣

慶長二〇年（一六一五）四月――。

この頃、老境に差し掛かってきた伊藤肥後信氏に対し、「出陣命令」が下された。

『片倉小十郎に従い、鉄砲隊を編成し、大坂へ向け出陣せよ』

のちの世にいう「大坂夏の陣」である。

片倉小十郎……あの信氏の大恩人、片倉小十郎景綱ではなかった。彼の嫡男、左衛門改め「片倉小十郎重綱」である。景綱はもはや大病で余命幾許もなく、隠居して家督と小十郎の名乗りを息子に譲り、この時点では「片倉備中守」と名乗っていた。

信氏は、前年暮れの「大坂冬の陣」に出陣する機会はなかった。信氏が召集される前に、徳川方が大坂方と和睦し、戦闘が終結したのである。それが今度は、早々に出陣命令が下った。

「儂のような老体にまで声が掛かるとは、いよいよ天下分け目の決戦だな……」

両軍の総力戦になることが、十分予想された。

命を受けた信氏配下の足軽隊は、急遽かき集めた火縄銃百丁を担ぎ、鉄砲隊に変身した。とはいえ、戦国の世を生き抜いた信氏らしく、いつ戦が起こるか分からぬと、仙台城下「鉄砲町」の鉄砲衆と日頃から通じ、火縄銃や火薬・弾丸の最速の調達経路を確保していたほか、広瀬川河畔での射撃演習に足軽衆を遣わし、強力な軍団に仕立てていたので、何ら慌てることはなかった。

「父上！　どうかご無事で！」

「旦那様！　武運長久、お祈りしております！」

信氏が編成した鉄砲隊は、甲冑姿で武装し、村内の八幡宮に集結、戦勝祈願の神事を執り行った。続いて、留守を守る嫡男の三右衛門氏定ほか、家族や使用人、百姓衆らに見送られ、八幡宮の鳥居を潜り、勇躍《ゆうやく》出陣の途に就いた。

信氏一家や百姓衆らの暮らしを見守ってきた船形山の峰々は、山上にわずかに残雪を残しながら、街道を南下する鉄砲隊を見守っている。その街道筋には「卯月」の四月に相応《ふさわ》しく、白い卯の花が方々で咲き乱れている。厳しい戦の前とは思えぬ、うららかな春の装いであった。

一行は仙台城下で一旦、必要な弾薬等を受領。片倉家の居城である白石城へ向かった。

先に記したとおり、信氏は恩人・備中守景綱と頻繁に文を交わしてきたが、このところ、景綱の病が重くなっていくごとに、文は短くなり、やがて返答が途絶えた。白石城中で病床にあるはずの景綱を何としても見舞いたかったが、それは叶わなかった。

城中で対面した小十郎重綱は、信氏にとってこの時が初対面である。噂には聞いたが、年の頃四十歳前後とは思えない、全く若々しく溌溂《はつらつ》とした様で、容姿秀麗な若武者ぶりであった。父・景綱の小十郎評は常々芳しくなかったが、政宗らが最も期待をかけている近習との噂に違わぬ、頼もしい若大将に相違なかった。

「物頭役・伊藤肥後信氏、命により鉄砲隊百人をもって、片倉様の元へ罷り越しました。何とぞよろしゅうお引き回しのほどを」

「役目大義！　肥後殿、よう参られた。肥後殿のことは父から重々伺っておる。肥後殿は平時でも鉄砲隊の鍛錬を怠らぬ、気骨ある老将故《ゆえ》、頼りにせよと父は仰せじゃった。

この小十郎、戦の少ない世に育ちし若輩故、いかんせん戦慣れしておらぬ。此度は昨冬の籠城戦ではなく、おそらく激しい野戦になろう。さすれば、戦国の世にあった肥後殿の如き、老輩の方々の与力が何としても必要となる。こちらこそよろしゅう頼みますぞ」

「勿体ないお言葉、痛み入りまする！」

文が途絶えたとはいえ、景綱が抜かりなく、信氏について息子の小十郎に知らせていた。戦《いくさ》場《ば》では指揮命令系統をいかに円滑にするかが肝要。初対面でも主従が互いを十分知り、誼を通じ、存分に働ける環境ができる。信氏はここにも景綱の人徳を感じた。

信氏はじめ、鉄砲隊を率いる足軽頭たちが、白石城に続々と集結。揃ったところで、いよいよ総出陣の運びとなった。

「これより大坂へ出陣する！　先陣、伊藤肥後！」「はっ！」

「おのおの方！　我ら伊達の鉄砲隊、目にもの見せてくれようぞ。大坂方など素浪人どもの烏合の衆、何ぞ恐るることやあらん！　えいえい……」

「おおおー！」

先陣を命ぜられた信氏の、ひときわ大きな掛け声が、白石城内に響き渡った。城中で病床にある備中守様にも届いてほしい。信氏のそんな思いが、掛け声に込められていた。

片倉小十郎指揮の鉄砲隊は、仙台から南下してきた伊達政宗本隊や、他の伊達勢と合流し、一路奥州街道、中山道を経て大坂へ進軍していった。


さて、前年の大坂冬の陣以来、徳川方の軍勢が一路大坂を目指したが、信氏が加わった片倉隊のように、百戦錬磨の老将らが、勇ましく戦場に足を踏み入れる……そんな軍勢ばかりとは限らないのが現実だった。

戦国の世が一度終わり、しばし泰平の世が過ぎようとしていた。今日び、働き盛りの若い侍たちは、多くが戦場での実戦を経験していない。そこに降って湧いた、前年の「豊臣家蹶起《けっき》」の報せである。徳川の軍勢の中には、甲冑の着こなしも全く板につかぬ、自信のなさを窺わせる若い侍大将の姿が目についた。

また、大坂攻めを敢行する総大将、大御所・徳川家康は、もはや七十三〜四歳。軍勢を率いるにはあまりにも老いていたが、将軍・秀忠は関ヶ原合戦の途次、上田城攻めの初陣しか経験がなく、しかも城攻めに手こずり、本命の関ヶ原に遅参するという大失態を、十五年近く経っても引きずり、何とも心許ない有り様。

——秀忠め……いつまであの遅参におびえているのだ。いつになったら征夷大将軍らしい侍大将になるのだ！　あのたわけが！

——ああ、信康、秀康、信吉……そちたちが生きてさえいれば、いかほど頼りになったか……。

家康自ら老骨に鞭打ち、重たい甲冑をまといながら……皆たくましい武将であったが、ことごとく早世してしまった息子たちを思い、愚痴をこぼし自ら大軍勢を率いるしかなかった。

一方で大坂方は、信氏が言うところの「素浪人どもの烏合の衆」ばかりではない。名うての戦上手にして「日の本一の兵《つわもの》」と名高い真田信繁、「摩利支天《まりしてん》の再来」と謳われた猛将、元黒田家家臣の後藤又兵衛基次など、一旗揚げんと鼻息の荒い、手ごわい侍大将たちが集まっている。また大坂城に参集した西国浪人の中には、文禄慶長の役に関ヶ原、戦の経験が豊富な老将たちの姿もある。下手に城を攻めれば、手痛い反撃があるやもしれぬ。徳川方の多くは戦々恐々であった。

前田澤兵部

場面は一旦、出陣前の白石城に戻る。

小十郎との対面を終えたあと、城内の陣所で、見慣れぬ老将が信氏に声を掛けてきた。

「もし、貴殿が伊藤肥後殿でござるか」

「いかにも。貴殿は？」

「いや、いきなり呼び止めて失礼仕った。それがし、前田澤兵部少輔と申す。かつては二本松家や大内勘解由様にお仕えしておったこともある」

「二本松様に大内様……なれば、かつては殿の『敵方』か」

「いかにも。かの人取橋合戦では、伊達勢を大いに苦しめたものよ……ははは。また伊達に攻められた小手森城《おでもりじょう》落城のみぎりは、亡き勘解由様ともども、危うい目に遭い申した。勘解由様は殿から『彼奴は八つ裂きにしても、し足りない』と大いに憎まれたが、この儂も、危うく殿に八つ裂きにされるところじゃったわ。はっははは！」

「……それが今、伊達の殿に戦場で御奉公とは……」

「はっはっは！　そうじゃ。運命の巡り合わせとは、かくも面白く、皮肉なものじゃのぉ。じゃが、殿は恩讐《おんしゅう》を越え、最後の死に場所、ご奉公の場所を、この老体に下さったのだ。大いに暴れてやりたいものよ」

前田澤兵部少輔は、かつて安積《あさか》郡前田澤村（今の福島県郡山市）にあった「前田澤城」を本拠としていた武将で、元は二本松義継に仕え、大内勘解由定綱の与力でもあった。当地は伊達、佐竹、蘆名らの有力大名が勢力争いを繰り広げ、戦が多かった土地であり、前田澤家は生き残りをかけ、主君を替えることもあった。兵部は、二本松義継が伊達政宗に滅ぼされた直後、政宗に一時仕えていたが、すぐに裏切り蘆名家へ走り、伊達勢とは幾度も交戦。しばし政

人取橋合戦　天正一三年一一月（一五八六年一月）、安達郡人取橋（今の福島県本宮市）で起こった、伊達家対二本松・佐竹・蘆名各家連合軍との戦い。伊達勢は圧倒的な手勢不足で苦しめられるが、二本松連合軍も内紛等で足並みが乱れ、事実上の引き分けに終わる。

小手森城落城　小手森城（福島県二本松市）は大内勘解由定綱の城だったが、天正一三年（一五八五）八月、伊達政宗が攻め落とした。その際政宗は、城内に残る将兵約千人、犬に至るまで命ある者全てを殺戮し、「小手森城の撫で斬り」と周囲を震え上がらせた。大内、前田澤兵部少輔は、命からがら城を脱出している。

宗らを翻弄し、苛立たせている。

「兵部殿、ここが最後のご奉公の場所か……そうさのう。儂もその気概で暴れようではないか」

「その意気じゃ！　肥後殿。儂も肥後殿と同じく、鉄砲隊を率いて参陣仕った。ご同役、ひと働きしようぞ……ああ、そうじゃ。儂は代々『前田澤』を名乗っておるが、本姓は肥後殿と同じ『伊藤』なのじゃ。故に、貴殿に声を掛けたのでござる。これも何かの巡り合わせかもしれぬな」

「兵部殿、これは不思議な縁じゃのう。よし、酒じゃ。互いに杯を交わそうぞ」

前田澤（伊藤）兵部少輔。主君・伊達政宗のかつての仇敵が、こうして今は政宗軍の貴重な戦力となっている。また、思いもかけず同姓の武将と出会った。戦場での実に不思議な巡り合わせであった。

信氏は、かつて伏見伊達屋敷で片倉備中守景綱から聞いた、大内勘解由の忠勤ぶりを思い出していた。勘解由はすでに故人となっていたが、政宗の敵方だった手ごわい腕っこきの武将たちが、こうしてまだまだ味方として名乗りを上げる。改めて政宗の人を引き付ける魅力に思いを巡らせていた。

三つの思い

（今はもはや徳川将軍家の御代《みよ》。幾ら戦上手の侍大将を集めようと、豊臣如きに天下を動かす器量などない。この戦、この伊藤肥後、生涯最後の働きになりそうじゃ。この手で豊臣を倒し、儂が長年望んできた全てにけりをつけたいものよ……）

老骨に鞭打ち、これより大坂攻めに参戦する信氏だが、この戦には様々な思いを交錯させ、期するものがあった。

一つ目は、大恩ある片倉備中守景綱への恩返し。嫡男の小十郎重綱への与力で、重綱を立派な侍大将として手柄を上げさせること。

二つ目に、長年の「敵」である豊臣家への復讐である。豊臣家は旧主・葛西家を改易による解体に追い込み、信氏一家を離散させたばかりか、木村吉清という愚将を送り込み、信氏のこよなく愛する美しかった耕土を荒廃させた。これらは動かしがたい事実である。それらの恨みを一気に晴らすべく、戦という仇討ちで本懐を遂げること。

三つ目に、恩賞による知行加増。信氏にはすでに孫の満蔵がおり、この時数え十三歳。宮内村出立の際は、家族とともに鉄砲隊を見送っている。信氏にとって可愛い孫である満蔵の将来のためにも、少しでも知行を増やしておきたい。戦場で手柄を立てることは、加増の好機以外の何物でもない。

こうして、信氏の心に交錯する思いは、闘争心の炎となり、燃え上がっていった。

敵方を味方に

「申し上げます！　敵方大将・後藤又兵衛、討死の由にございます！」

「何い！　そは真《まこと》か！」

「我が手勢の者が確かめました！」

「よし！　後藤勢、これにてとどめじゃ！　全軍、一気に押し出せ！」「はっ！」

「申し上げます！　真田・毛利率いる敵方主力は退却！　敵方は二手に割れ、毛利豊前は敗走、真田左衛門佐《さなださえもんのすけ》は天王寺方面へ転進の由！」

「でかした！」

前線へと出た伊達軍総大将・伊達政宗の元へ、戦況を知らせる使いの者が、次々やってくる。大坂夏の陣は、両軍総勢五万二千余の精鋭が激突し、後世、最大のクライマックスと謳われた「道明寺合戦《どうみょうじかっせん》」に差し掛かっていた。伊達の鉄砲隊は、三千四百七十丁の火縄銃を装備。片倉小十郎重綱指揮下、敢然と先陣を務めた伊藤肥後信氏や、前田澤兵部少輔といった老将たちの獅子奮迅の活躍で、まずは後藤又兵衛基次の軍勢を包囲し撃破。その後、主力の真田信繁・毛利勝永連合軍を前に、一時は苦戦こそしたものの、ここから徐々に盛り返し、敵方を次々と蹴散らしていった。

この鬼神の如き勢いには、名うての戦上手と恐れられた真田信繁ですらもたまらず、じりじりと引き退かざるを得なかった。

一方、ここ大坂の地で、武将としては新参だった片倉小十郎重綱は、この戦功で「片倉小十郎、あれが鬼の小十郎よ」と名を轟かせ始めていた。

――他方、こちらは、大砲や火縄銃の轟音が遠くから響き渡り、壁が揺らぎ続け、壁土が絶えず落ちてくる大坂城。

一人の奥方が、幼い二人の我が子を抱きかかえながら、部屋の片隅で震えていた。奥方の名は「阿古」といい、父はかつて戦国の世でその名を轟かせた、長宗我部元親である。

「申し上げます！　佐竹様、八尾にてご無念の由にございます……」

「殿……もはやこれまで。この世に未練などあるものか。今わたくしもともに参ります」

「奥方様！　なりませぬ！　おやめ下さい！」

大坂方に加勢していた阿古の夫にして、長宗我部家の旧臣・佐竹親直《ちかなお》の凶報に接し、懐から匕首《あいくち》を取り出し、涙を流しながら自害を図る阿古。必死の形相で止める近習たち。

「阿古！　阿古！　何をしておるか！」

「兄上……よくぞご無事で……」

阿古の兄である長宗我部盛親が、前線から大坂城に戻ってきた。

「阿古、よう聞け。今から子らとともに城を出るのじゃ。紀州街道を南に下り、『釣鐘の馬印』をひたすらに目指せ。釣鐘の馬印じゃ。よいな」

「釣鐘の馬印……味方なのですか、敵方なのですか」

「行けば分かる。とにかく兄の言うことを信じよ。悪いようにはせぬ」

「敵方に下るのであれば、嫌です！　我が殿も討死して果てました。もはやこの世に何の未練がございましょう」

「阿古！　死ぬことは断じて許さぬ！　よいか、父上は亡くなる前、こう仰せじゃった。『太閤殿下が身罷られ、またいずれ世は乱れ、戦になるやもしれぬ。家中の女子供は何があろうとも生きて、長宗我部の血を絶やさず、のちの世まで残すよう計らえ』と。父上はこれを遺言と心得よ、と」

「父上が……」

「そうじゃ。今すぐ行け！　ぐずぐずするな。父の命であるぞ。行くのだ！」

これが、兄妹の今生の別れとなった。

彼らの父・長宗我部元親は、戦に明け暮れた若き日から一転、豊臣秀吉の治世下では、安堵された所領の土佐を平らかな地にしようと、領国経営にまい進したが、慶長四年（一五九九）、秀吉のあとを追うようにこの世を去っていった。

早くもその翌年、元親の見立てどおり、戦の世が再び訪れた。家を継いだ盛親は、関ヶ原で西軍に加勢したが、彼が率いた六千六百の軍勢は、眼前の吉川広家勢の寝返りにより、身動きを取れず釘付けにされ、武勲一つ挙げられず敗れ去った。果ては父から継いだ土佐一国を失うという、武将として最大の屈辱を味わうこととなった。

浪人として野に下った盛親は、しばらくは恥を忍び、御家再興が第一と、徳川将軍家に再興願を申し入れ続けたが、家康・秀忠親子はついに一顧だにしなかった。

もはや徳川は家の敵、今度こそ関ヶ原の雪辱を果たさんと、かつての家臣らとともに大坂方に加勢したが、事ここに至り、盛親は「もはやこれまで」と、敗色濃厚であることを悟った。妹と別れ、大坂城から再び出撃した盛親がその後、どこへ消えたのか。行方は誰も分からなかった。

一方、大坂城を脱出した阿古と二人の幼子《おさなご》、わずかな供回りの者は、弾丸が飛び交い硝煙けぶる空の下、盛親の指示どおり、はるか遠くに見える「釣鐘の馬印」目指し、紀州街道を走りに走った。

その時である。

「おなごじゃ、おなごじゃ！」「大坂方の脱走者か！」「金子《きんす》をたんまり隠し持っているはずだ。着物を剥ぎ取れ！」

獣のように目を血走らせた雑兵どもが、一心不乱に襲い掛かってきた。いわゆる「乱妨取《らんぼうど》り」である。

（もはやこれまで。かくも辱めを受けて果てるとは、生涯の不覚。口惜《くちお》しや……）

手足をつかまれ、身動きが取れなくなった阿古は、ついに死を覚悟し、舌を噛み切ろうとした、その時……。

「待てい！」

目の前に突然現れた、騎上の老将。雑兵どもの手は止まり、馬を降りたその老将が話しかけてきた。

「そなた、名は何と申されるか」

「佐竹親直が妻・阿古にございます」

「阿古……阿古様！　あの長宗我部公のご息女の！」

「はい……」

「これはこれは、大変ご無礼を仕った。それがし、伊達家中・片倉小十郎が命により、阿古様を迎えに参った。伊藤肥後信氏でござる」

「……」

「ご安心召されよ。片倉様は、長宗我部様より書状を承っておる。我が妹と幼子らの命を助けられたし、と」

「わたくしは、ただ兄から『釣鐘の馬印を目指せ』とだけ……」

「あれでござるか、釣鐘の馬印。あれこそは片倉小十郎の馬印でござる」

盛親はすでに、片倉小十郎に密書を送り、妹と甥らの助命を依頼していたのだ。

小十郎の父、片倉備中守景綱は、かの豊臣秀吉が「我が配下に加えたい」と執拗に伊達家からの引き抜きを画策していた。太閤の執着ぶりに加え、頭脳明晰、器の大きさに慈悲の深さ。かつて伏見伊達屋敷で初めて拝謁した信氏が感服しきりであった、その人間的魅力と名声は、京・大坂一円に染み渡っていたのである。さらに小十郎は「あれが鬼の小十郎よ」と、すでにその武勇ぶりが大坂一円の戦場に轟いていたことは、前述のとおりである。

あの片倉備中の嫡男にして「鬼の小十郎」なら間違いない……その武力と慈悲の心で、片倉家は必ずや我が女子供らを救い、身の安全を保障してくれよう。長宗我部盛親も、そして真田信繁さえも、小十郎に家族や子供たちを託すべく、密書をしたためていたのだ。

真田信繁の遺児・阿梅《おうめ》と大八《だいはち》が片倉隊に助命され、阿梅は小十郎の後妻に、大八はのち「仙台真田家」の祖に……美談として後世に伝わるが、それはまた別の物語である。

盛親が、片倉小十郎の陣であることを伏せ「釣鐘の馬印」とだけ妹に告げたのは、気位《きぐらい》が高く、容易に敵方に下ることを良しとしない阿古の性格を熟知していた、盛親の心配りであった。

「者ども！　こちらにおわす方々は、片倉小十郎様の御客人なるぞ！　乱妨取りとは不届き千万。頭が高いっ！　控えよ！　道を空けんかっ！

ささ、阿古様、我らが陣所へ案内《あない》仕る。お子様方もさぞお疲れでありましょう。握り飯も汁も、湯も用意してござる。替えの着物もありますぞ。敵方といえども、心配召されるな。遠慮は無用でござるぞ。我が殿に一度刃を向けようとも、いずれ必ずや皆残らず味方とする。それが我ら伊達家の流儀じゃ。はっははは！」

老将・信氏の、雑兵どもを威嚇するような野太い声と、優しく諭すような声。そして大きな笑い声。あらゆる表情を見せる信氏の姿は、阿古と二人の幼子の心に長く残った。

案内された天下茶屋《てんがちゃや》の片倉本陣では、信氏の言うとおり、握り飯や温かい汁が用意されていた。

「さあさあ、さぞ空腹でありましょう。たんと召し上がられよ」

「わあー！　握り飯じゃ！」

長きにわたる大坂城中での籠城、そして脱出行により、極限まで腹を空かせていた阿古の幼子たちは、握り飯にひときわ目を輝かせ、信氏の勧めるままに飛びつき、ほおばった。戦場の前線で米といえば、戦闘糧食の「干し飯」（糒《ほしいい》）が当たり前であるが、生米から炊き上げ、味噌をつけて炙った握り飯が、大量に用意されている。

つい先刻まで、地獄のような大坂城内にいた阿古は、驚くほかなかった。平時であれば親として「それでも武家の子ですか！　はしたないまねは……」と幼子たちの行状を叱るところであるが、伊達軍の圧倒的な物量と、信氏らの優しさに圧倒され、幼子たちの不憫さを思うと、阿古は何も言う気にはなれなかった。

「どうじゃ、味はいかがでござるか？」

「旨い！　こんな旨い米に味噌、初めてじゃ！」

「ははは、そうじゃろう。米に味噌、これぞ伊達家一の自慢でござる」

信氏らのもてなしの前に、頬を米粒と味噌まみれにした幼子たちは無邪気であった。仙台から廻送し、京の伊達屋敷に蓄えられていたという生米に赤味噌。味噌はのちの世に「仙台味噌」として名産品に数えられるものである。伊達家のいる奥州の地の豊饒さを窺わせた。

「見よ、大坂城が燃えておるぞー！」

「勝った、我々は勝ったのだ！」「おおー！」

阿古姫母子が片倉本陣で休息を許され、ようやく一息ついた頃、はるか北にそびえる大坂城から、激しい火の手と煙が上がった。豊臣方の敗北が決し、戦は終わったのである。

阿古は、夕焼けと炎で紅蓮《ぐれん》の色に包まれた北の空に向かい、そっと手を合わせた。

片倉小十郎の命とはいえ、「打倒豊臣家」に闘争心を燃やしていた信氏が、なぜここまで阿古と二人の幼子を手厚くもてなしたか。信氏の言うところの「伊達家の流儀」は、家中で明文化されている訳ではない。他所者の葛西旧臣であった信氏を快く迎え入れてくれた、片倉備中守の懐の深さ、亡き大内勘解由や、ともにこの戦場を戦う前田澤兵部の如く、頼もしい味方として存分に戦う元の仇敵たち。彼らの存在が、信氏をして「敵をいずれ必ずや皆残らず味方とする。それが伊達家の流儀」と言わしめたものであろう。

阿古の幼子たちは、信氏が知行地に残してきた孫の満蔵より、少し年若であった。また、信氏の知行地で、ともに耕作に汗を流す足軽衆・百姓衆の中には、幼子たちと同じくらいの年頃の子供たちも大勢いる。腹を空かせ、顔を真っ黒にして死地を抜け出してきた幼子たちは、信氏にとって身の回りの子供たちと同様、分け隔てない慈しみの対象であった。

ところで、時が下り、阿古の二人の幼子のうち一人は、信氏の子孫と不思議な縁で、再び交錯を見せることとなるが、それはまたのちの物語である。

阿古姫

阿古と二人の幼子、数人の供回りは、伊達軍の手厚い護衛を受け、一人として欠けることとなく、仙台城へ送り届けられた。途中、徳川方による敗残将兵探索の手が伸びるのではないか、そんな不安が阿古の脳裏をよぎったが、伊達軍にはどの大名・旗本も指一本触れられず、ただただ仙台への凱旋を見守るのみであった。

仙台城内で旅装を解く阿古に、来訪者の報せがあった。

「殿のお越しにございます」

「殿？」

「政宗である」「お、お殿様でございますか！」

突然の政宗の来訪。慌てて座敷に座り、深々と頭を下げる阿古と幼子たち。

「あ、阿古にございます。お、お、お殿様にはご機嫌麗しゅう……」

「おお、そなたが阿古姫か。遠路よう仙台へ参られた。苦しゅうない、苦しゅうない！　固い挨拶は抜きじゃ。近う寄られよ」

政宗は、阿古の到着を待ちかねていた様子で、城に入ったと聞かされた途端、すぐに阿古の部屋へとなだれ込むように入ってきたようだった。

挨拶もそこそこに、政宗は次から次へと頼みごとや申し出をしてきた。阿古は相槌を打つのも大変であったが、それは概ね次のとおりであった。

――阿古は、有職故実、京の雅に、古今の和歌、源氏の五十余巻（源氏物語）などに通じていると聞く。我が伊達家は、この政宗を含め当主が何代にもわたり、連歌や能楽、書などの道を究めている家風である。阿古の仙台入りを諸手を挙げて歓迎したい。ぜひ、この政宗や、城中の女子《おなご》らを相手に、和歌や物語などを教授してほしい。

――夫・松平忠輝の蟄居で離縁となり、伊達家に戻ってきた我が娘・五郎八姫《いろはひめ》の話し相手をしてほしい。姫は聚楽第育ちで、どこの家に嫁がせても恥ずかしくないよう、何事も京風に躾《しつ》けてきたが、それが仇となり、城中では誰も相手ができず寂しい思いをさせている。

――阿古の二人の息子は、近々小姓として登用する。佐竹や長宗我部姓では憚りがあろう。新たな姓を立てるが良い。いずれは伊達家一門、しかるべき格の家の養子にすることも考えよう。

――今後は本丸奥座敷詰めとして暮らしてほしい。暮らしに必要な禄や女中人足は、遠慮せず頼まれたい。不自由しないよう手配する。

阿古は、半ば政宗の熱意と勢いに押されながら、これら頼みごとに申し出、全て承諾した。

政宗は、最後にこんな話もしてくれた。

「阿古……阿古とは実に佳《よ》き名じゃな。実はな、我が領内には、古より『阿古耶姫《あこやひめ》』なる姫の言い伝えがあるのじゃ。そなたとよく似た名じゃろう。都から参った中納言の娘、それは美しき姫君での。和歌や琴に長けておったそうな。全く阿古を思わせる。阿古は今様《いまよう》の『阿古耶姫』かもしれぬのぉ……実に不思議、実に面白きこととは思わぬか。ははは！」

「左様でございますか……いや、かような姫君になぞらえて下さるとは、勿体のうございまする」

「それがの、阿古耶姫の琴の音色に惹かれて、名取太郎左衛門なる若い男が現れた。二人は恋仲に……うむ、この続きはまたいずれ、聞かせて進ぜよう。ただ、佳き名とは申せ、諱《いみな》を呼ぶのは憚りがある。そうじゃな……これからは禁裏《きんり》の女官風に『中将』と儂は呼ばせてもらおう。儂は太閤の治世で『大崎少将』を名乗っていたが、少将の一つ上の中将じゃ。儂に和歌や物語を教える師となれば、一つ上がちょうど良かろう。ははは……どうじゃ？」

「ははっ！　何と勿体なきお計らい。有難き仕合せにございまする」

政宗の頼みごとに申し出、そして昔語りは、阿古にとって想像だにしない、全く意表を突いたものであった。これが初めて目通りした、しかも敵方の武将の身内にする話であろうか。

それに、阿古耶姫……もはや年増の自分は「美しき姫君」でも何でもないが、古に、都から故あってここ陸奥に下ってきた、自分とよく似た名の女子がいた。何たる偶然であろうか。何とも言えぬ、実に不思議な気分にとらわれた。

かくして「中将」と呼ばれるようになった阿古が、仙台城で暮らし始めてから、しばしの時が流れた。

二人の息子は、故郷の土佐所縁の地にちなんだ「賀江《かえ》」姓の名乗りを許され、小姓の役目を務めながら、十分な読み書きに四書五経、武芸等の教育を受けている。

時折政宗が「中将！　中将はいずこぞ！」と賑やかに自分を訪ねてきて、古今和歌集に源氏物語の講釈や、自作の和歌の添削を頼んでくる。

婚家から出戻り、絶望で暗く沈んだ表情だった五郎八姫とは、京暮らしの思い出話が尽きることなく、「中将どのと過ごす時が、一番の生きがい」と、すっかり元気を取り戻し、東国一と謳われた五郎八姫の美貌が蘇ってきた。

「殿に一度刃を向けても、いずれ皆残らず味方にする。それが伊達家の流儀……」

戦場で出会った、伊藤肥後なる老将の笑い声が、ふと阿古の脳裏に蘇った。

敵方だった自分たちに、新たに生きる場を与えられた。そればかりか、家中の者誰もがこうして自分を必要とし、いつも声を掛けてくれる。敵方を味方にする……あの老将の言うとおりだった。考えてもみれば、実家の長宗我部家ばかりではない。嫁ぎ先の佐竹家も、元は常陸国の出で、遠縁の常陸佐竹家は、戦国の世に伊達家とは度々刃を交えてきたのだ。

故郷所縁の、紀貫之『土佐日記』の面白さに触れて以来、物語や和歌の世界に憧れを抱き、勉学に励み多くの教養を身に着けてきた阿古。しかしこれまで、阿古の熱意と努力を理解し、認める者はほとんどいなかった。武家の女子は所詮、子を産み育てる道具、あるいは人質の道具……しかし今、阿古が積み上げてきた豊かな教養が、初めて人に求められている。これが「生きがい」というものなのだ……阿古は初めて知ることができた。

「父上、長宗我部の血を残せとの仰せ、守ることができました。兄上、『釣鐘の馬印を目指せ』、あのお導きがなかったら、我々親子はどうなっていたか……」

「伊藤肥後殿……命を助けていただいたご恩、この阿古、生涯忘れませぬ。いつかどこかで、恩返しが叶えば……」

思いもかけず仙台に来て、安寧の日々と幸せをつかめたことに、阿古は感謝していた。

信氏、宿願成る

この年、元和元年（一六一五）の年の瀬に、伊藤肥後信氏の恩人、片倉備中守景綱が病で没した。

　大坂で大戦果を挙げた嫡男・小十郎重綱が白石城に意気揚々と帰ってきたが、病床の景綱は「小十郎、帰るに能《あた》はず！」と一喝、登城を差し止めたという。合戦のさなか、敵方の雑兵どもを自ら斬りつけたことが景綱の耳に入り、侍大将に相応しからざる振る舞いと、大激怒したというのだ。

　この報せを聞いた信氏は、備中守様の御心に添えず、小十郎を立派な侍大将にするという、自ら課した一つ目の目標が成らずか……と気落ちした。小十郎が雑兵を斬ったのは、道明寺合戦の後半、真田・毛利軍との激突が始まった頃。序盤の敵方の勢いに押された時、敵大将の首級を上げようと、数人の雑兵が刀を振り回してなだれ込んできた時である。

「戦場ではこの程度のことはある。備中守様も、それが分からぬ方ではあるまいに……」

　信氏は、景綱が思い直してくれることを願った。

　その直後、小十郎の成長に格段の期待を寄せて、戦での小十郎の働きぶりを大いに讃えた政宗や、伊達安房守成実らのとりなしで、ようやく登城が認められたと知らされ、信氏は安堵した。

「備中守様、器が大きく慈悲深い方ではあったが、やはり、御自身と御身内には殊のほか厳しいお方でもあった……」

信氏は、かつての文のやり取りで、小十郎には苦言を呈してばかりだった景綱を思い出した。

信氏二つ目の目標、豊臣家への仇討ちは、豊臣宗家の滅亡という形で本懐を遂げたことは、もはやいうまでもあるまい。

三つ目の目標、知行加増も、思いのほか簡単に達せられた。今回、新たに信氏へ発せられた「知行宛行状」は、このようなものである。

……郡……村……　○貫文
宮城郡国分荘《こくぶのしょう》芋澤村《いもざわむら》之《の》内《うち》吉成山《よしなりやま》　○貫文
戦功顕著につき右加増と為《な》し、都合三十貫文（目録等別紙）全て領知す可き者也、仍て件の如し
元和二年○月○日　松平陸奥守（花押）
伊藤肥後とのへ

※政宗は、幕府から松平姓を与えられ、慶長一八年（一六一三）から「松平陸奥守」を正式な名乗りとしている。

今回の戦は、伊達家としては自ら敵方領地を削り取った訳ではなく、その反面、地方知行制の下では、家臣への恩賞を土地で配分せねばならず、また出費ばかりが嵩む、頭の痛いものであった。

新たに信氏に、恩賞として何箇所か下賜された知行地の一つに、かつての伊達三河守盛重（国分盛重）所領の一部で、盛重出奔後は没収され、一時的に蔵入地となっていた、宮城郡芋澤村吉成山の小規模の田畑があった（今の仙台市青葉区吉成）。

盛重はかつて宮城郡に広大な知行地「国分荘」を有していたので、伊達家としては、同人出奔後の土地収公で今後の恩賞用の「在庫」となる土地を確保できており、功績ある家臣らに、何とか恩賞を配分できたのである。

吉成山の地は、仙台の城下町の西北、小高い山の間に開けた小盆地である。二十一世紀の今、仙台市のベッドタウンとして、新興住宅地が広がっているが、当時としても仙台城からほど近い、わずか一里と二十五町。馬に乗れば短時間で城へ参勤できる便利さから、信氏は家屋敷（在郷屋敷）を志田郡宮内村からここに移し、宮内村の田畑は、親族から選んだ土地管理人である「地肝煎」に経営を任せることとした。

こうして信氏は、十貫文（百石）の加増により、都合三十貫文＝三百石の領主となった。

信氏は、新築の吉成山在郷屋敷から馬に乗り、芋澤街道を経て一路仙台城へ向かった。

道中の「国見峠《くにみとうげ》」は、城下町と、古来和歌に詠われた宮城野の広大な草原、さらに大海を一望できる大絶景が眼下に広がる、信氏お気に入りの場所となった。

「儂が望んだこと、全て成し遂げられた。亡き備中守様にも面目が立つし、侍冥利に尽きる。もはや思い残すことは何もない。あとは倅の三右衛門に家督を譲り、孫の満蔵の成長を見守るだけだ……」

国見峠で馬を止め、雄大な景色を眺めながら、信氏はしばし感慨に浸った。

しかし、信氏の期待と思惑は、思わぬところで暗転する。

三右衛門氏定の最期

慶長の末から元和の初めにかけてのこの時期は、日本列島に大雨洪水が多発した。当年・元和三年（一六一七）も、江戸の隅田川、安芸国広島、日向国飫肥《おび》などで洪水が起き、それぞれの城下町に甚大な被害が及んでいる。

この年の四月一〇日。仙台城前を流れる広瀬川は、前日からの大雨で水かさを増し、濁流が轟音を立てていた。

この時の仙台城は、二の丸・三の丸はまだなく、山上にそびえる本丸と西の丸のみの、山城的な形態の城であった、本丸と広瀬川を挟んだ対岸に、藩主政宗の趣味と実益（料理の食材栽培、兵糧の研究、生薬づくりなど）を兼ねて作られた菜園「御花壇《おかだん》」があり、野菜や各種薬草が栽培されていた。時には政宗が自ら種まきや収穫、畑の手入れに赴いている。一角には「花壇御屋敷」もあり、政宗が農作業の合間の休憩や、生薬、兵糧となる保存食づくりのため利用していた。また、農作業以外でも、五郎八姫や阿古姫らを連れて、連歌の会を花壇御屋敷で催すこともあった。

これらがあった場所は、現代では「仙台市青葉区花壇」として、町名にその名を残している。

本丸と御花壇の間、広瀬川には「花壇橋《かだんばし》」が架けられ、城と御花壇を直接行き来できるようになっていた。この花壇橋、いわゆる「廊下橋」の形態で、橋桁に屋根と壁がついた、名実ともに廊下の形をしており、政宗らが行き来しても、外からは見えないようになっていた。

さてこの時、伊藤肥後信氏が嫡男・三右衛門氏定は、仙台城本丸を仕事場としており、肩書は「本丸御殿虎之間御番《とらのまごばん》」、すなわち本丸御殿にあった「虎之間」に控えていた。

本丸御殿の各部屋に控える武士の中では、序列が最上位とされ、氏定より家格が高い武家の子弟も同僚として働いており、城中の者と誼を通じつつ、将来の昇進機会を窺える環境にもあった。

また、虎之間に限らず、城の維持管理に関するあらゆる役目をこなしており、その中には、御花壇の管理も含まれていた。

大雨は一向に止まず、広瀬川の水かさは、いや増すばかり。茶色の濁流が大渦を巻いて押し寄せており、氏定は「御花壇が水浸しになっていないか」、気が気ではなかった。激しい風雨に鉛のような暗い空。御花壇の様子は、本丸から覗いてみても全く窺い知れない。もし殿の御手植えの野菜や薬草が全滅したら……。

「御同役、拙者、御花壇の様子を見て参る。一刻後に戻る」

「お、おい！　止めろ！　危ない！　大水に巻き込まれたら何とするのだ！」

同僚が止めるのも聞かず、氏定は一目散に本丸を駆け下り、花壇橋を渡り始めた。その時である。

一つ上流にあり、城の大手門に通じる「大橋」が、濁流に耐え切れず崩れ落ち、流されてきた橋の部材が次々と花壇橋の橋脚に激突。橋脚の基礎は、大水で洗掘《せんくつ》されてすっかり脆くなっていた。

花壇橋も、もはやこの状況に耐えられず、大音響を立てて丸太造りの橋脚が崩壊。橋桁は真っ二つに折れ、大橋の残骸とともに、下流へと流され始めた。氏定を乗せたまま……。

「うわぁぁぁ！　父上！　満蔵！　無念じゃ……」

家族の名を呼ぶ氏定の叫びは、風雨の音にかき消され、誰の耳にも届かなかった。橋桁はバラバラになって下流に四散したが、氏定の遺骸は海へと流されたらしく、ついに見つかることはなかった。

「三右衛門っ！　この大うつけ！　たわけ！　不孝者！　おぬし、仕官叶いし折、この儂とともに、額に汗して働こうと誓ったではないか……この儂を置いて先に逝く奴があるかぁ！」

未だ止まぬ雨。雷鳴も轟く中、氏定遭難の報に接した父・信氏。戦場でも冷静さを失わなかった老将は、予想だにせぬ凶報を前に、半狂乱状態に陥った。

孫に託された未来

伊藤三右衛門氏定の葬儀は、遺骸なきままという異例の形で執り行われた。城中の人々は「三右衛門は、殿の御花壇を護《まも》ろうと殉じたのだ。忠臣の鑑《かがみ》だ」と口々に氏定を讃えたが、信氏の心が晴れることはなかった。

(戦場での討死なら、もののふ冥利に尽きようが、水死では格好がつかぬではないか。寝床で往生する方が、ずっとましだ)

徳川の盤石な全国支配が確立し、時代は泰平の世へ。もはや武士が戦場で死ぬる時代ではなく、信氏のような老武士の価値観・死生観は、徐々に置き去りにされていった。

氏定を濁流へと呑み込み、流失した花壇橋は、ほどなく再建された。しかし、相変わらず同じ廊下橋で、屋根や壁がついた橋桁は重量がかさみ、悪天候時には大風がまともにあたって脆く、流失の危険が常につきまとうものであった。

結局、花壇橋は二十年後の寛永一四年(一六三七)に二度目の流失。政宗はすでに前年に没していたが、晩年、隠居していた政宗は、仙台城を次代当主・忠宗に譲り、自身は城下町の東南に新たに造営した「若林城《わかばやしじょう》」に移り、城内に花壇を作っていたことから、氏定が命を賭して守ろうとした御花壇は、皮肉にも放棄されており、もはや橋を再建する必要がなくなっていた。

突如襲った悲劇を乗り越え、伊藤家の明日は、氏定が忘れ形見、まもなく元服を迎える嫡男・満蔵の手に委ねられた。祖父・信氏が、満蔵を嫡孫とし、氏定に代わってしばらくの間は自らの手で養育する。また、信氏から満蔵へ知行十貫文（百石）が分知され、元服と将来の家督相続に備えることとなった。

「おじじ様、それでは行って参ります」

「満蔵、道中、重々気をつけてな。江戸は何かと誘惑が多い。遊興に耽ることなく、亡き父の分までしっかり役目を果たすのだぞ」

「はい！」

元和五年（一六一九）三月、元服した満蔵は、初めての江戸番を命ぜられ、主君・政宗の参勤交代行列に加わって江戸へと旅立つこととなった。その後、幾度となく江戸・仙台間を往還。祖父・信氏の心配は杞憂で、祖父や父譲りの生真面目な若武者である満蔵は、遊興や浪費に耽ることなく、江戸でも仙台でも大過なく勤めを果たした。

元和八年（一六二二）の或る日――。

「おじじ様、おじじ様！　いかがなされました。お気を確かに！」

このところ体調を崩し、仙台城への出仕も辞退して、城下の小さな町屋敷で病床に臥せっていた伊藤肥後信氏であったが、ついに危篤状態に陥り、そのまま帰らぬ人となった。

すでに嫡孫・満蔵への家督相続の道筋は完成しており、信氏も何も言い残すことはなかった。旧主葛西家の滅亡により、亡き三右衛門氏定とともに諸国を浪散。絶望の淵を超え、名将・片倉小十郎景綱の引きで伊達家に仕官。時は太閤の御代から徳川の御代へと変わる、日本史上屈指の激動期。奥州の片田舎育ちの、全く無名の中・下級武士である信氏。しかしながら、歴史の大舞台に立ち合い、また深く関わり、波乱万丈の生涯を華々しく終えたのであった。

家督を継いだ満蔵は、知行が祖父の三百石から「二百石」に減らされた。とはいえ、継いだ知行地は、面積も米の収量も何ら変化がなく、ちょうどこの年、伊達家では度量衡の改正作業があったことから、見かけの石高数値が減少したに過ぎなかった。

後年の「寛永の総検地」では、土地の計量・鑑定の見直しがあり、満蔵の石高は二百五十石に、さらに正保二年（一六四五）、祖父と同じ足軽頭に任ぜられたのを機に、知行加増で三百五十石、ようやく知行高が祖父を超えている。

知行が二百五十石となったのを機に、満蔵は名乗りを改め「伊藤三右衛門輔氏」と名乗るようになった。家督を継ぐことなく早世した父・三右衛門氏定の無念を晴らすため、また、主君への忠義に殉じた父の思いをのちの世代に伝えるため、「伊藤家では、これからは当主は『三右衛門』を名乗る」と、自ら定めることとしたのである（以後この物語では、伊藤家を『伊藤三右衛門家』と呼称する）。

満蔵改め三右衛門輔氏が、伊藤三右衛門家当主となった頃、伊達家・仙台藩では、藩主が初代・政宗から二代・忠宗の代に移り変わろうとしていた。蔵王山の噴火や大雨洪水など、多少の天変地異はあったが、後年の大規模な飢饉のような社会不安は少ない時期であり、藩主忠宗は重臣らと力を合わせ、統治制度のさらなる充実に努め、後世「守成の名君」と讃えられるに至った。

この頃の輔氏の伊藤三右衛門家も、表向き、さして大きな動きや波乱はなく、静かに日々は流れていった。しかし、やがて家督相続を巡って大きなうねりが起き、併せて伊達家を揺るがせ、自らの親族までも巻き込まれる大騒動が勃発することになろうとは、この時、輔氏は知る由もなかった。

（第一章『忠《ちゅう》と義《ぎ》と誉《ほまれ》と』　完）

第二章　縁《えにし》と絆《きずな》と栄《さかえ》と

寛文九年（一六六九）〜元禄一一年（一六九八）

【主な登場人物】

《伊藤三右衛門家》

伊藤肥後信氏　伊藤三右衛門家・初代当主。本章ではすでに故人。

伊藤三右衛門輔氏（幼名・満蔵）　伊藤三右衛門家・二代当主。信氏の孫。

伊藤於靖《おやす》　輔氏が四十歳手前でようやく授かった初子で、一人娘。輔氏には男子がなく、於靖に良い婿を探し家督を継承させるのが、家の最大の課題。

柴田忠次郎氏親《ちゅうじろううじちか》→伊藤忠次郎氏親　仙台藩重臣・柴田外記朝意の次男。のち伊藤三右衛門家・三代当主。幼少の頃、祖母・阿古姫の強い影響を受けて育つ。

伊藤八郎氏久《うじひさ》（のち三右衛門氏久）　氏親の嫡男、のち伊藤三右衛門家・四代当主。

《柴田家・長宗我部家》

柴田外記朝意《げきともおき》（旧名・賀江忠次郎《かえちゅうじろう》）　仙台藩重臣・柴田家当主、奉行。実母は仙台城奥女中であった阿古姫。後嗣《こうし》のいなかった柴田家に乞われ、養子となる。

阿古姫　仙台城奥女中。伊藤忠次郎氏親の祖母、柴田外記朝意の実母。戦国大名・長宗我部元親の娘。

柴田内蔵宗意《くらむねもと》　柴田外記朝意の嫡男、のちに奉行。伊藤忠次郎氏親の実兄。

《その他》

古内志摩義如《しまよしゆき》　仙台藩重臣・奉行、柴田外記朝意の同僚。藩内で専横を極める藩主後見職・伊達兵部宗勝《ひょうぶむねかつ》に抵抗し、柴田外記らとともに「反兵部派」を形成。忠次郎の婿養子縁組にも一役買う。

養子縁組

寛文九年（一六六九）の或る日――。

ここは仙台藩の奉行にして国家老格の一人、柴田外記朝意の仙台城下・南六軒丁《みなみろっけんちょう》の町屋敷。

柴田家は、仙台藩では藩主の親族である「一門」に次ぐ、二番目の家格に相当する「一家・席次第三番」、登米郡米谷《まいや》（今の宮城県登米市東和町米谷）を本拠とし、約三千石の知行地を有する、藩内でも有力な重臣である。

「忠次郎！　忠次郎はおるかあ！」

「旦那様、忠次郎様は先刻、米谷から戻られ、お部屋におりまする」

「求馬《きゅうま》、忠次郎に儂の部屋へ来るように申せ」

「はっ！」

当主の外記は、城中での役目に多忙な日々を過ごしながらも、家中の悩みを一つ抱えていた。次男・柴田忠次郎氏親の将来の処遇である。この時、外記六十一歳。いずれ家督を、嫡男の柴田内蔵宗意に譲ることは決まっているものの……。

「忠次郎様、旦那様がお呼びでございます」

「爺、承知した。今参る」

屋敷に控えていた柴田家家老、「爺」こと入間田求馬《いるまだきゅうま》に促され、柴田忠次郎氏親が父の部屋へやってきた。

「父上、忠次郎にございます」

「そこへ掛けよ」「はい」

「忠次郎、呼び立てしたのはほかでもない。そちの養子縁組についてじゃが……」

「……良き縁組先が見つからぬ、ということですな」

「うぅ……そのとおりじゃ。相済まぬ」

「なれば、お呼び立てせずとも……いつものことですし」

「儂ももう歳じゃ。隠居が近い。なれど今は伊達の家中がごたごたしておる。それを片付けてから、内蔵へ家督を譲るつもりでおるが、忠次郎の養子縁組も早く決めたい。さもなくばこの

南六軒丁　現在の仙台青葉区片平・五橋・土樋を貫く「南六軒丁通」界隈。柴田家町屋敷は、現在の東北学院大学土樋キャンパス構内にあたり、当地は仙台城下でも有力な家臣の屋敷が軒を連ねる。

外記、安心して死ねぬ……」

「それがしはどこの家でも構いませぬ。武家の縁談なくば、百姓でも商人でも」

「あ、商人じゃと……？」

「そうそう、国分町《こくぶんちょう》の大店《おおだな》の大黒屋。あそこの主人が婿養子を探しておるとか。近江国から来た大層腕利きの商人らしいですぞ。それに、一人娘が町方一番の別嬪《べっぴん》で、男どもが鼻の下伸ばして店に来るとかで。それがし、そろばんも算術も得意でござる。商人ならできますぞ。『大黒屋忠次郎にございます。我が店へようこそいらっしゃいました！』。……大黒屋忠次郎、商人らしゅうて、良い名ではありませぬか、父上。はっはっは……」

「たわけたことを申すでない！　奉行・柴田外記の倅が商人に婿養子では、柴田家の名折れぞ……」

　武家では、嫡男が跡目を継ぎ、父の知行地、あるいは俸禄を全て継承する。次男以下は、仮に嫡男が早世したり、問題を起こして廃嫡となった場合に家を継ぐ、いわば「リリーフ役」の役割がある。しかし、兄である嫡男が無事に家を継ぎ、さらに次世代の嫡男を儲ければ、その後は出番がない。「部屋住み」といい、わずかな禄を貰いながら何もすることがなく、無為に生涯を終えてしまうこともあり得る。それを防ぐため、跡継ぎに恵まれない家の養子、または女子しか生まれなかった家の婿養子になり、家を出ることも多い。

例えば、のちの幕府大老・井伊直弼は、彦根藩主の実に「十四男」。これでは部屋住みのまま生涯を終えるはずで、もはや世に出ることはないだろうと自虐的に、自宅を「埋木舎《うもれぎのや》」と名付けて暮らしていたところ、兄の早世などが重なり、ついには彦根藩主に、果ては幕閣に……と、信じられないような大出世を遂げた。平均寿命が短く、乳幼児の死亡率も高かったといわれるこの時代、「部屋住みの〇男坊」でも、その存在はいざという時に必要であったのだ。

ところが柴田家では、嫡男にして忠次郎の兄・柴田内蔵宗意がたくましく成長し、この時父・外記が高齢となってきたため、隠居、家督相続の段取りが間近となってきた。

実は、外記も次男として生を受けた。実父はかつての戦国大名・長宗我部家の家臣、佐竹親直である。それ故、同じ次男である忠次郎への思い入れは深く、自身がかつて、伊達家の小姓として取り立てられた際の名乗りである「賀江忠次郎」にちなみ、この「忠次郎」の名を彼に与えたほどである。

また、日頃から、武芸や学問、知行地回りによる民心の把握などに余念がなかった忠次郎を、部屋住みで捨て置く訳にはいかず、何とか良縁を、良き家格の家に養子、または婿養子縁組できれば……との親心も相まって、縁談を探し求めていた。

自分はちょうど幸運にも、後嗣のいなかった仙台藩重臣・柴田家の養子にと乞われ、良い家格の家を継承することができたが、忠次郎を養子、または婿養子に入れられるような、自分と同様の良家の縁談は、なかなか見つからなかった。

なお、外記が述べた「伊達家中のごたごた」については、この物語でものちのち、人々に重大な影響を及ぼしていくこととなる。

おばば様

さて、この時より二十年ほど前の、或る日のこと。

柴田外記朝意の屋敷玄関に、漆塗りの豪華な駕籠がやってきた。

乗ってきたのは、当主・外記朝意の実母にして、仙台城奥女中を務める「おばば様」「中将様」こと阿古姫である。

阿古は、戦国大名・長宗我部元親の娘であり、関ヶ原合戦・大坂の陣を経て、嫡系子孫が滅んだ長宗我部家の血を受け継ぐ数少ない存在である。この阿古が、幼子二人と戦乱の大坂城を命からがら脱出、伊達家に保護され仙台城で暮らすようになったことは、前章で触れたとおりで、その幼子のうち一人が、長じて柴田外記朝意となったのである。

この日の阿古は、息子である当主と二人の孫息子に会いに訪れ、屋敷に泊まることになっていたのだ。

「今日はおばば様のお泊まりじゃ。粗相のないように」「はい！」

外記の二人の幼子は、いつも父から固く言いつけられるが、「おばば様」が駕籠を降りて玄関に現れるなり「おばばさまぁ～！」と声を上げ、子犬のように飛びつくのが常であった。

「これ！　無礼であろう！　母上、とんだ粗相を……」。子供たちを叱る外記。しかし阿古は「外記どの。よいのです、よいのです。これが楽しみなのですから」と意に介さず、幼子たちを抱き締めるのであった。

阿古にとっては、二人の息子が無事に成人となり、それぞれ仙台藩中級武士の五十嵐家、また重臣の柴田家へ養子となり、こうして孫たちにも恵まれている。かつて亡き父・長宗我部元親が遺言として残した「長宗我部の血を絶やさず、のちの世まで残す」ことが、もはや盤石となっただけでなく、可愛い孫たちの成長を見守ることが、無上の楽しみとなっていた。

一方、柴田家の二人の幼子は、「おばば様」が好きでたまらず、屋敷に泊まりに来るのがいつも待ち遠しくて仕方なかった。単に可愛がってくれるだけではない。和歌や物語の教養豊かな「おばば様」は、子供たちの興味を引くおとぎ話を語り聴かせるのが抜群に上手く、また、双六などの遊びもたくさん教えてくれる。

「おばば様！　今度はどんなお話をして下さるのですか？」

新しいおとぎ話をせがむのが、孫たちの常であった。おとぎ話だけではなく、故郷の土佐、京、大坂での昔話もふんだんにしてくれた。屋敷の狭い世界に暮らす幼子たちにとっては、いつも新鮮で、広い世界への扉を開いてくれるものであった。

いうまでもなく、阿古の孫であるこの二人の幼子は、このあと無事に成長し、それぞれ柴田内蔵宗意、柴田忠次郎氏親となる。

外記と志摩

再び舞台は寛文九年（一六六九）の或る日、仙台城中――。

相変わらず、次男・柴田忠次郎氏親の縁談探しに悩む父・柴田外記朝意である。

「志摩殿、そなた、婿養子縁組とか、跡取り探しの養子縁組とか、色々な家から相談を持ち掛けられておるとか。実は今、うちの倅、忠次郎の縁組先を探しておるのだ。どのような家から来ているのだ？」

「外記様、う～む、養子縁組は今のところござらぬが、婿養子でしたら二、三の家からござりますなぁ……」

「志摩殿」とは、外記と同役の奉行で国家老格、古内志摩義如である。古内家家格は「着《ちゃく》坐《ざ》」、「一家」である柴田家の四階級ほど下に相当する。この二人、二十歳以上年が離れていながらも、同役の奉行としてよく連絡を取り合ってつながりを深め、結束を固めていた。

実はこの頃、仙台藩では、この年ようやく元服したばかりの幼き藩主・伊達綱基《つなもと》（のち綱《つな》村《むら》）の後見である伊達兵部宗勝（仙台藩の支藩・一関《いちのせき》藩主。伊達政宗の十男）らが、配下の目付・小姓頭らを寵愛しつつ、対立する勢力に圧迫を加え、専横を極めていた。「家中の綱紀粛正」を口実に、対立勢力の粛清……改易や処刑、追放はあとを絶たず、兵部が処断した家臣は百二十人以上にも及んだといい、さながら、兵部による「恐怖政治」の様相を呈している。さらには、藩主毒殺未遂事件とされる騒ぎが、寛文六年（一六六六）、同八年（一六六八）の二度にわたり発生し、毒見役などの近習に犠牲者が出たほか、藩医や女中が処刑される事態となった。真相ははっきりせず、次は誰が命を狙われ、また咎を受けるのか。藩主の傍近くに仕える者たちは誰しも、疑心暗鬼に駆られている。

この時、藩政の要にいる奉行は、筆頭の原田甲斐宗輔《むねすけ》、外記、志摩の三名であるが、甲斐と「外記・志摩組」の折り合いが悪く、甲斐は「兵部派」、外記・志摩組は「反兵部派」に割れる、そうした政争のさなかにあった。

また、先代の藩主・伊達綱宗《つなむね》が不行状を理由に幕府の咎を受けて強制隠居となったのち、幕府から監察役の「国目付」が派遣され、家臣間の紛争が絶えず、幕府の介入が不可欠なほどに家中は混乱していた。

先ほど外記が述べていた「伊達家中のごたごた」とは、これらのことを指す。

原田甲斐は、祖母が豊臣秀吉の愛妾として知られ、のちに伊達政宗の側室となる「香《こう》の前《まえ》」、母が政宗と香の前との間に生まれた「お津多《つた》」、すなわち、伊達兵部は叔父にあたる。

志摩は、甲斐について、このような人物評を残している。

（甲斐は身びいきが強く、立身威勢を望んでいるが、殊更に兵部様を恐れ、兵部様や目付衆の言いなりになっている）

出世欲は強いが、叔父・伊達兵部らの専横を前にひれ伏す小物、太鼓持ちとして、志摩は甲斐を見ていたようである。兵部は、甲斐のみならず、同じく太鼓持ちと評された小姓頭の渡邊金兵衛、目付の今村善太夫ら、藩主後見たる自身の威勢にすり寄る者たちを巧みに取り込んで利用し、藩政を恣《ほしいまま》にしていた。

これを常々、苦々しく思っていたのが、柴田外記や古内志摩ら「反兵部派」であった。

「小癪《こしゃく》な甲斐め……」「兵部様の専横、いかに抑えるべきか……」

外記・志摩、いつもの二人の話題は、そんな生臭い「極秘の政談」が中心であるが、今日ばかりは全く毛色が異なる、身内の話である。

志摩はおもむろに、書付を取り出した。

「外記様、例えばこんな話を受けてますな。え〜と、伊藤三右衛門輔氏、元足軽頭、平士で知行三十五貫文（三百五十石）。一人娘の於靖に婿養子を迎えたし。於靖、年の頃は二十八……年増でござるが、忠次郎殿とだいたい同じ年頃ですな」

「知行高はともかくとして、足軽頭の家の婿養子……家格が低い。それでは忠次郎が不憫《ふびん》だ」

「しかし今日び、当家のような着坐以上の家格の家は、婿養子や養子縁組の話が、なかなか出なくてございますぞ。どこの家も、外記様のお家と同じく、ご嫡男がご立派にお育ちでござるし、兵部様の息のかかった家など、もちろん論外でござる……ああ、ここだけの話でござるが、伊藤三右衛門が女《むすめ》・於靖とやら、年増とはいえ、なかなかの美形らしいですぞ。嫁としても目の保養に……」

「志摩殿、何をたわけたことを……美形の嫁が来るのは、やぶさかではないが……。ときに志摩殿、伊藤三右衛門とはいかなる家じゃ？」

「先に申したとおり、平士で知行三十五貫文、書付によれば、え～、初代は『伊藤肥後信氏』、葛西旧臣。片倉家ご初代の引きで、慶長の頃より伊達家に仕官。伊藤肥後は、大坂の陣にて、片倉家配下で鉄砲隊を率い、先陣を務め、戦功目覚ましく……」

「何？　伊藤肥後？　もしや……」

「外記様、いかがなされました？」

緊迫感漂う日々の中では信じられないほど、のどかに二人の会話が進む中、外記の躰《からだ》がピタッと止まり、しばし無言になった。

伊藤肥後、その名は外記の心の中に長く、しかも深く刻まれている名であった。

外記が幼少の頃、慶長二〇年（一六一五）の大坂の陣――。

母や兄とともに紀州街道を南下、「釣鐘の馬印」目指して足がちぎれるほど走りながら、乱妨取りに遭い、もはやこれまでと死を覚悟した瞬間、「伊藤肥後」を名乗る老将に声を掛けられた……あの夏の記憶が蘇ってきた。

於靖

　こちらは、仙台城下にある平士・伊藤三右衛門の町屋敷。当主にして元足軽頭・三右衛門輔氏と、一人娘の於靖がいた。

　輔氏は長きにわたり、足軽頭を務めてきたが、この時六十代の高齢となり、すでに役目を退いていた。知行地の管理をしながら、屋敷では於靖や数人の家僕・女中と静かに倹《つま》しく暮らす、城や藩の江戸屋敷のきな臭い政争とは無縁の生活である。

「父上、お呼びでございますか」「於靖か。そこへ掛けよ」「はい」

「実はの、於靖。人を通じて、お奉行の古内志摩様に縁談の仲介を依頼しておったのだ。婿養子の話じゃ」

「はい……」

「聞いて驚くな。何とお奉行、柴田外記様からのお話じゃ。外記様の御次男、忠次郎様との縁談ぞ」

「そんなご身分の高いお方……わたくし、信じられませぬ」

「儂も信じられなかった。しかし、外記様は当家ご初代様、我がおじじ様（伊藤肥後信氏）に一方ならぬご恩があると仰せじゃ。儂もよう分からぬが……とにかく会いたい、と」

「しかし、わたくし今後のことを考えて、父上のお世話をしたいのです。それを認めて下さる方でないと……」

「儂が不甲斐ないばかりに、当家には男子もおらず、母も早うに旅立ち、一人娘のそなたに負い目ばかりかけて……済まぬ」

「父上、それは仰せにならないお約束です。わたくし、父上の娘に産まれたことを誇りにしております。ずっと父上のお傍にいたいのです」

於靖には、過去にも様々な縁談があったが、あまりうまく事が運ばなかった。母を早くに亡くし、兄弟もおらず、一人娘を大切に育ててくれた父を深く慕った於靖は、老境に入った父の「いずれは婿養子を取りたい」という思いに応えねばという焦り、「老いた父の世話を、自分がせねばならない」と自らに課した義務感などが、次第に心理的重圧となっていき、縁談というものに、徐々に後ろ向きになっていった。

気がつけば、家のしがらみに縛られて、次第に歳を重ねて婚期が過ぎていく自分がいたのである。父が亡くなったら尼になり、殿様に父の知行をお返ししようとさえ思っていた。

於靖の心は、結婚というものに対し「厚い殻」で閉ざされていたのである。

今回は、あまりに身分の違う家からの縁談に戸惑いつつも、先方が「ぜひ会いたい」と文をしたためてきたことから、まずは見合いの席に顔を出さねば、柴田・古内の両お奉行に申し訳が立たないと、父娘は行くことを決めた。

見合い

柴田外記朝意が次男・忠次郎氏親と、伊藤三右衛門輔氏が女・於靖との見合いが決まり、年は明けて寛文一〇年（一六七〇）二月の末、仲介の労を取った古内志摩の厚意で、同人の町屋敷に見合いの席が設けられた。

「元足軽頭・伊藤三右衛門輔氏でございます。こちらに侍るは、女の靖《やす》と申します……」

「柴田外記朝意でござる。こちらに控えるは、倅の忠次郎氏親で……」

「本日はよろしくお引き回しのほどを……」

「三右衛門殿！　会える日が待ち遠しくござった。今日はそなたの祖父・肥後殿の話をぜひにもしとうて、楽しみにしておったのじゃ……」

見合いの話もそこそこに、外記は堰を切ったように、伊藤肥後信氏の思い出話を始めた。

「地獄の戦場で出会った肥後殿は優しく力強く、腹を空かせた我ら幼子に握り飯を与え……」

時に語り口は熱く、また時に「肥後殿がおられなかったら、それがし生きてはおらず……」などと涙ぐみながら、しばし滔々と語り続けた。

しかし、輔氏にとっては恐れ多い「お奉行」、祖父の武勇伝を喜ばしく思うも、相槌を打つのがやっとだった。

大坂の陣・元和偃武から、すでに五十五年もの歳月が流れている。輔氏は幼名「満蔵」を名乗っていた少年の頃、大坂へと出陣する甲冑姿の祖父の背中を見送ったことを、鮮明に記憶しているが、残っている当時の記憶は、それ以上のものはなかった。祖父自身、戦場での手柄話を自慢げにするような人ではなく、外記から初めて聞く話もあった。

一方、外記の後ろに控えていた忠次郎は、あれだけ家の格に拘り続けてきた父が、平士の家との縁談に乗り出すとは……疑問に思っていたが、父の話でようやく事情が呑み込めた。ただ、干支の一回り前に近いような父の古の話は、段々と同じような話の繰り返しになり、退屈になってきた……。

……が、ふと目線を移動させ、はっと目を見張ったのは、輔氏の後ろに控える女子の姿、立ち居振る舞いである。

瞳の奥が澄み渡った切れ長の目は、まるで瞬き一つせぬかのように、話に熱中する我が父・外記の方を見続けている。

口を真一文字に結び、痩身の背筋をぴんと立たせ、身一つ動かない。平士の一人娘とはいえ、何ら卑屈にならず、何者にも媚びない。実に凛とした姿であった。年の頃は三十手前、自分と同じくらいとは聞いていたが、年増とは全く感じさせない。そして、髷髪の下にのぞく白いうなじ……。

(何と美しい……)

於靖の白いうなじに視線をやった忠次郎は、思わず喉をごくりと鳴らした。

「忠次郎！　これ忠次郎！」「はっ！」

父の声で、忠次郎はようやく我に返った。その間、父たちがどのような話をしていたか、全く記憶になかった。

この日の見合いの席は幕を閉じた。婿養子入り云々まで話は進まなかったが、互いを知る機会があっても良かろうと、まず忠次郎・於靖が互いに文を交わすことが許された。

柴田屋敷に戻った忠次郎は、すぐに父から呼び出された。

「忠次郎！　今日の見合いはいかがじゃったか」

「父上、平士の三十五貫文。今までは家格の低い家の話は拒んでおられたのでは……。もしや父上、あの娘の美形に惹かれた訳では」

「阿呆！　この父をからかうつもりか。このたわけ！　この老体、若い娘に懸想《けそう》する歳ではないわ！」

「はっ！　失礼仕りました……」

忠次郎は謝りながらも、むきになる父に、笑いをこらえていた。

「家格……儂も今までは拘っておった。全てはそちのためじゃ、分かるな。じゃが、伊藤三右衛門は別儀じゃ。そちも聞いたであろうが、初代の伊藤肥後……。いや、肥後殿は、儂の命の恩人。足を向けては寝られぬ方なのじゃ。肥後殿がおられなかったら、そちもこの世に生は受けておらぬ」

「はっ、大坂の陣での老将の話、亡きおばば様から繰り返し聞かされました。おばば様にとっても命の恩人と、いつもおばば様、涙ぐまれておりました。伊藤三右衛門、命の恩人の孫にあたる御仁だったのですな」

「そうじゃ。このままでは、伊藤三右衛門家は後嗣なくお家断絶になってしまう。不思議な縁《えにし》の巡り合わせじゃ。肥後殿の後裔との縁談が巡ってくるとはの。そちが伊藤の婿養子になり、身内になる。さすれば、お家断絶から救うことができ、儂としても命の恩人にようやく恩返しが叶うのだ」

「家格の低さ云々は、儂の力でそちの知行高を上げるなり、より良い御役目をあてがうなりすれば何とかなろう。それもまた伊藤の家の格が上がり、肥後殿への恩返しじゃ。儂は間もなく隠居になろうが、そちの兄・内蔵《くら》にも『弟を引き立ててやるように』と念を押しておこう」

「……」

「見合いの席で文を交わすのは許したが、於靖とやらを屋敷に招くのも許そう。何かしら贈り物が必要なら、父が金子を出してつかわす。存分に会うてこい」

父・外記は、息子の忠次郎の予想をはるかに超えて、この縁談に前のめりになっていた。

父がそこまで仰せならと、忠次郎は於靖に文をしたためることにした。忠次郎自身も、あの白いうなじ、凛としたたたずまい、もう一度逢ってみたい気持ちが込み上げていた。

逢瀬

「於靖殿　柴田忠次郎」

見合いからひと月も経たない三月の或る日、柴田家から伊藤三右衛門屋敷へ、使いの者が文を届けてきた。

「弥生の候、拙屋敷の櫻、美事に咲き候、是非於靖殿をお招きし度《た》く候」

先日見合いをした、柴田忠次郎氏親からの花見の誘いであった。すでに父親同士で、縁談は漸次進めていきたいと文が交わされ、双方の合意が為されていた。

今回は、我が柴田屋敷の庭の桜が咲いたので、ぜひ花見を……という趣旨であるが、於靖は今一つ気が乗らなかった。何も忠次郎が嫌いという訳ではない。部屋住みの次男坊とはいえ、自分の家とはあまりに身分の開きがある、奉行の息子である。

「せっかく客人として招かれたのに、みすぼらしい身なりで会いに行き、忠次郎さまに恥ずかしい思いをさせる訳にはいかない。どうしたら良いものか……」

伊藤三右衛門家は、知行三十五貫文（三百五十石）取り、平士としては大きめの家ではあるが、創家以来の「半農・半武士」の面影を残す、何事も質実剛健な家風故、於靖はさほど高価な着物を持っている訳ではなかった。見合いの席では、他家から着物を借りていったほどで、いつもは暗い色合いの絣《かすり》の着物を愛用していた。

於靖は、気の置けない老女中のお志免《しめ》に相談した。お志免は、於靖が生まれた頃に伊藤三右衛門家に仕え始め、於靖の母の乳の出が悪かったので、乳を含ませて育て上げた「乳母」でもあった。その後、於靖の母が早世したため、名実ともに於靖の母代わりともいえる存在である。

「奥様がお召しだったお着物、まだ蔵の中にあるはずです。わたくしがほどいて仕立て直しましょう」

お志免はそう告げると、蔵の中から数着の着物を出してきた。さほど高価な生地ではないものの、春らしい明るい柄の着物が幾つかある。保存状態は良く、虫食いも見られない。お志免は、於靖の躰に着物を当て、えも言われぬ速さでほどき、縫い直していった。於靖自身は確かな記憶がないが、於靖の母は、安価でも色合いの良い生地を選んだり、自ら材料を集めて機を織って着物を仕立て、他の武家夫人も一目置く、着物の着こなしで評判だった。

帯も揃い、たちまちのうちに、花見の席に見合った着物ができ上がった。

仙台の桜の名所、花見の名所といえば、二十一世紀の現代では、「西公園」「榴岡公園《つつじがおか》」がまず挙げられよう。だがこの当時は、双方とも存在せず、西公園に至っては、重臣らの屋敷がのちの公園敷地を占めていた時代である。

また、現代では桜の代表格として人気の、ソメイヨシノもまだ存在していない。この時代は、桜の品種といえば江戸彼岸（エドヒガンザクラ）、枝垂《しだ》れ桜、山桜などが主である。城下では、桜の群生地や街路樹的な名勝地はまだ見当たらず、こうして屋敷や寺社の境内に咲く一本桜を愛でるか、里山まで足を向け、そこに咲く山桜を愛でるのが、当時の花見であった。

於靖は侍女として、お志免を帯同させた。この時代はもちろん、武家の独身男女が一対一で逢引きなどはしなかった。仮にしても、道ならぬ恋や心中など、あってはならない目的と取られるのが関の山であるし、行き先が、客として招かれた屋敷であってもまた然りである。

家僕に来意を告げ、屋敷の門を開けてもらい、敷地内に入ったところで、柴田忠次郎氏親は一人で迎えに現れた。馬乗袴《うまのりばかま》が似合う、溌溂とした若武者だった。

「やあやあ、於靖どの。よう参られた。お久しゅうござった」

「忠次郎さま、本日はお招きに預かり、有難うございます。こちらに控えるは当家侍女の志免でございます」

「若様、本日はどうぞよろしくお願い申し上げます」

「その方《ほう》がお志免か。於靖どののからの文で承知いたしておった。日が暮れる前に、於靖どののとその方を伊藤の御屋敷へ送り届ける故、今日は何分、よろしゅう頼む」

庭に案内されると、大層大きな枝ぶりの、一本の江戸彼岸が、豪壮に咲き誇っていた。

「忠次郎さま、何とお見事な桜なのでしょう……」

「有難うござる。於靖どのも、今日は一段とお美しゅうござる。お着物も実に見事じゃ」

「はあ、母の形見でございます……」

「ほお、お母上の！　左様でござったか。お母上は惜しいことに、若くしてお亡くなりになられたそうじゃな。於靖どのの母御じゃ。さぞかしお美しいお方であったろう……」

桜の話もそこそこに、忠次郎は、照れもせずに次々と於靖を褒め讃えた。於靖は、所詮殿方のお世辞と思って聞き流すつもりだったが、母の着物を褒められたことで、心に何か温かいものが流れる感覚を覚えた。

桜の下に、毛氈《もうせん》敷きの長椅子が幾つか用意されている。柴田家では、毎年この桜の下に長椅子を出し、花見を楽しむのが年中行事の一つである。三人はそこで小休憩することにした。忠次郎と於靖が同じ長椅子に腰掛け、少し離れて別の席に、お志免が座った。

茶を飲み、花を見上げながら、忠次郎が切り出した。

「於靖どの、それがしが伊藤家へ婿入りする儀についてじゃが、まだ決めた訳ではない」

「はい」

「忌憚なく申さば、伊藤家は平士、そなたのお父上は、今は御役目に就いていないようじゃが、最後の御役目は足軽頭。対して我が柴田家は『一家』、於靖どのには申し訳ないが、家の格が違い過ぎる。実は我が父も、最初は全く気が向かないご様子だったのだ」

「……」

「於靖どのの曾祖父、伊藤肥後殿は、我が父・外記の命の恩人であった。その話は存じておられるな」

「はい。お見合いの席で、柴田様からお話を……」

「その話、それがし、実は亡きおばば様……御城の奥女中を長く勤められた『中将』様から、幼少のみぎりによく聞いたものだ。あの大坂の陣・元和偃武。おばば様も我が父とともに、大坂で危ういところを、肥後殿に命を助けられたのだ。おばば様は、この前の我が父と同じく、この話になると涙なしではいられなかった。しばらく忘れておったが、この縁談が持ち上がり、久方ぶりに思い出した」

「左様でございますか……」

「おばば様や父の心持ち、痛いほど分かる。父は仰せじゃ。命の恩人・肥後殿にはいつか恩返しを、後嗣なくお家断絶の恐れとあらば、婿を送って救いの手を差し伸べたいと……されど」

「されど？」

「それはお家の事情であって、我々、子らが縛られるとは限らぬ」

「はい……」

「それがしが於靖どのを花見にお誘いしたのは、於靖どのがいかなるお方か、四方山話をしながら、もっと知りたいと願ったのだ。お家の事情も、身分云々も、全てを抜きに、ただ一人の女子として。もし叶うならば、於靖どのも、それがしがいかなる男か、家も肩書も抜きに、存分に知っていただきたい。そう願ってござる」

「……」

「おばば様の話をしたが、実はおばば様、よく仰せであった。『わたくしの時代は、武家の女子はお家のために子を産み育てる道具、人質の道具といわれたものじゃ。しかし、命を助けられ、縁あって仙台に来てからは、女子は『道具』にあらず、人らしく生きる場を持ち、持てる力を誰からも必要とされる場を持つ。それを伊達のお殿様から教えられ、初めて『生きがい』

を知った。これからの女子も、誰しもそうあってほしい』と。

於靖どのも、老いたお父上のお世話をなされ、お家のことで何かと大変な思いをされておられるやもしれぬ。しかし、於靖どのには、我がおばば様の願いを受け継いで、子を産み育てる道具でも、お家存続の道具でもなく、人らしく、美しく、己の信ずる道を歩む、光り輝く女子であってほしい。そう思えてならぬのじゃ……まだ逢うて二度目なのに、我ながら不思議じゃ。於靖どの相手に、こんな思いを巡らせるとはの……」

「勿体ないお言葉。痛み入りまする……」

しばしの時が流れた。桜の花びらが一枚、二枚と、二人の肩に落ちてきた。春のうららかな陽気が、二人を温かく包んでいた。

「今日は日も暮れる。お志免ともども、御屋敷までお送りいたそう。うららかな一日じゃったな。於靖どのと過ごせて、心が安らぎ申した」

「はい、わたくしも……かように美しき桜を見せて下さり、心温まるおもてなしも……有難うございます」

「また文を書く故、お逢いして下さるか」

「ええ、喜んで！」

「有難うござる！　この忠次郎、天にも昇る心地でござる。ははは……」

屋敷に戻った於靖は、じわじわと、不思議な心持ちにとらわれていった。忠次郎の話す女性観は、今まで全く見たことも聞いたこともない。周りの殿方にも、そのようなことを話す人はいない。

（一体、忠次郎さまとはいかなる殿方なのか。自分も忠次郎さまを、もっともっと知りたくなった……）

忠次郎からの次の誘いが待ち遠しい自分がいた。

「『ええ、喜んで』とお応えになったお嬢様、あんな明るくてほがらかなお顔、久方ぶりに見ましたよ。お志免も驚きました。初めは忠次郎さまの前では、ずっとお堅いお顔だったのに」

そうお志免から指摘され、於靖は頬を赤らめた。

その後も度々、忠次郎からの文が於靖に届き、城下の景勝地、茶屋、寺社の祭礼見物と、色々な風物を見ながら話し込む機会があった。お互いの親や家族のこと、今置かれている暮らし、趣味や興味関心のことなど、話題は多岐にわたり、家柄も身分もない、互いの人となりを知り、理解を深めていった。

父との会話の中で、まるで父をからかうような言動が見られたとおり、忠次郎は元々、冗談が好きな男で、実家の知行地回りでも百姓衆から、気さくな人柄が親しまれていた。そんな忠次郎を前に、当初は身分の違いもあって遠慮がちであった於靖も、徐々に硬さがほぐれていった。

忠次郎は、将来の柴田家相続が確実な兄を羨み、一人部屋住みの無聊《ぶりょう》をかこつが如き日々にあっても、時を無駄にしてはならぬと、学問と武芸は怠らず、奉行の役目に忙しい父に代わり、知行地での民情把握にも余念がなかった。同じ次男坊であった父・外記が、自分に愛情を注いでくれていることを理解していたので、いつか自らが、日の目を見る時を信じていた。故に、伊藤三右衛門家のような、三百五十石程度の小領主になっても、生きていける自信はあった。

とはいえ、仮に互いに、もしくは片方が気が進まぬまま、親の事情のみで自分が婿養子入りし、夫婦の不和にでも陥ったら、於靖どのがあまりにも哀れだ。家格の高い柴田家との親戚付き合いでも、肩身の狭い思いをさせてしまうだろう。それだけは避けたいと思っていた。

見合いの席以来、於靖の美しさ、凛とした様に心を打たれながら、於靖が衷心《ちゅうしん》から我が伴侶にしたいと願える女子か、自問自答しながら「於靖どのこそ、亡きおばば様が理想とした女子の生き方ができる方。おばば様のお眼鏡に適い、願いを受け継いでくれる。是が非でも我が伴侶にしたい」という確信を得ることはできた。一方で、於靖が自分を心から受け容れてくれるのか、自分がそれに相応しい男なのか、なかなか確証が持てなかった。

全ては家の事情で、親や親族の勧めるがままに結婚していくのが当たり前の時代にあって、個人の、女性の尊厳を重視するこれら忠次郎の思考は、極めて異例のものである。

やはりそれは、幼少のみぎりに影響を受けた祖母・阿古姫の考え方がそのまま、忠次郎の心の中に生きていたのであった。阿古姫は、自分の切り開いた、新たな女性の生き方を後世に伝えるため、また孫息子たちに「大きくなったら、女子に優しい殿方となってほしい」という願いを込めて、女子との接し方としてこれらを説いていたのである。

また、全く無意識のうちであったが、忠次郎にとっての理想の女性とは、亡きおばば様＝阿古姫その人であり、おばば様のお眼鏡に適う女子を探し求めていた。その果てに、ついに出会ったのが、於靖であったのだ。

求婚

忠次郎と於靖が初めて、柴田屋敷の庭で逢ってから五か月後、八月の或る日——忠次郎は一大決心を秘め、於靖に告げた。

「於靖どの。それがし決めましてござる。伊藤家の婿養子になる。そなたと夫婦《めおと》になりたい。お受けして下されるか」

於靖はややうつむき、しばし沈黙した。そして、重い口を開いた。

「……実はわたくし、もう嫁に行くのは諦めかけておりました。縁談がなかなかまとまらないうちに、すっかり年増で、最後まで父の面倒を見て、父が亡くなったら、父の知行もお殿様に全てお返しし、尼になろうかと……」

「尼だなんて、そんなこと……於靖どの。それがし、もう於靖どの以外の女子は考えられない。そなたしかおらぬのだ」

「忠次郎さま……」

於靖は、勇気を振り絞るように、忠次郎を見つめた。

「……忠次郎さまはずっと、家も身分もなく、わたくしを一人の女子として、何もかも、心から受け容れて下さろうとなさいました。嬉しかった……。忠次郎さまの文が届く度、お逢いできる度、いつも幸せでした。

……わたくし、忠次郎さまを心よりお慕い申し上げております。謹んでお受けいたします。そして、忠次郎さまのおばば様、いや、中将様の願いを受け継ぎます」

「有難うござる！　この忠次郎、果報者ぞ！　早速父上に言上仕る。早々に三右衛門殿……いや、伊藤のお父上にもご挨拶へ行かねば。さあ忙しくなるぞ。於靖どの、未来永劫二人手を携え、歩んで参ろう」

「ええ、喜んで！」

二人は人目もはばからず、互いの手をギュッと握り合った。於靖の頬を、一筋の涙が伝っていった。

於靖の心が、結婚というものに対し「厚い殻」で閉ざされていたこと、そのため縁談に後ろ向きになっていたことは、先に述べたとおりである。

そんな中、全く新鮮な驚きだったのが、忠次郎との出会いだった。年の頃は自分と同じくらい。今までも、縁談を持ち掛けてきた同じような年の頃合いの殿方は、何人もいた。しかし今回は、あまりにも違う身分の家からの縁談。だが、「子を産み育てる道具でも、お家存続の道具でもなく、人らしく、美しく、己の信ずる道を歩む、光り輝く女子であってほしい」、この忠次郎の思いがけない言葉に、（家にいたずらに縛られ過ぎることなく、前向きに、自分は自分らしくあっていいのだ）……そう気づかされた於靖は、その心の「厚い殻」にひびが入り、割れ落ち始めたのだった。

忠次郎が「於靖が自分を心から受け容れてくれるのか、自分がそれに相応しい男なのか、なかなか確証が持てなかった」のは、於靖の忠次郎への恋心が芽生え始めながらも、心の厚い殻の最期の断片が残り、結婚を躊躇する心がわずかながら残っていたことを、忠次郎が無意識のうちに感じ取っていたためである。

最後の最後、忠次郎の求婚で、ようやく殻の最期の断片が落ちることとなった。

華燭の典

柴田忠次郎氏親改め、伊藤忠次郎氏親。こうして於靖と誓った夫婦の固い絆に加え、柴田・伊藤両家の喜びの声が加わり、婿養子入りの手続きは極めて順調に進んでいった。特に父・外記は「でかしたぞ、忠次郎！　我が命を救った肥後殿へ、ようやく恩返しが叶う……」と、感涙にむせんでいたという。

巡り巡った「縁」がここに結実し、夫婦になる男女の個人的意思の合致と、家の事情全てが融合し、誰からも祝福される、この時代にあって最も幸福な婚姻であったといえる。

まず、柴田・伊藤両家で同意ののち、伊藤三右衛門家側から、当主・三右衛門輔氏と忠次郎氏親との養子縁組を奉行・古内志摩宛に申し立て、一〇月一九日、「縁組を認める」旨の文書が志摩から発出された。

並行して、結納・婚礼の儀も滞りなく行われた。もちろん、媒酌人は古内志摩である。本来であれば、伊藤三右衛門屋敷で婚礼を行うところ、城下の屋敷が手狭で、祝賀に訪れる柴田家側の客人が収まり切らない恐れがあったため、柴田屋敷を借りて行われた。

忠次郎・於靖の初めての逢瀬を見守った江戸彼岸の大木が、紅葉となって花嫁・花婿を見守っていた。

婚礼と同時に、忠次郎の実父・柴田外記の方針で、柴田家から知行十五貫文（百五十石）を忠次郎に分知することになった。「忠次郎が平士の家の婿養子になり、不憫な思いをさせないように」「命の恩人・伊藤肥後殿への恩返し」……外記の厚い親心・真心に相違なかった。

忠次郎は、岳父・三右衛門輔氏の持つ三十五貫文（三百五十石）と合わせ、将来の相続の際には五十貫文（五百石）となり、平士としてはひときわ大身の領主となる。元・部屋住みの次男坊が、ここまでの変身を遂げることとなった。

婚礼の数日後、忠次郎・於靖夫妻は、揃って柴田家菩提寺にある、阿古姫の墓所を訪ねた。

「おばば様、我が妻に娶りました於靖です。ようやくおばば様の思いを受け継ぐ女子に巡り合えました。おばば様の命の恩人の曾孫でございますぞ……忠次郎、果報者でございます」

「中将様、お初にお目にかかります。靖と申します。忠次郎さまの妻になりました。おばば様の孫になれまして、わたくし幸せです」

阿古姫が没してから、すでに十七年の歳月が経っていたが、これも、時を越えて阿古姫がつないだ「縁」だった。おばば様が、中将様が生きておられたら、いかほどお喜びであったか……二人の思いは一緒だった。

再び舞台は、数日前の柴田屋敷・婚礼の席。

「旦那様、若様、本日は誠におめでとうございます。それでは、この爺が『高砂』を一席……」

「求馬、そなた、能狂言の心得などあったかのお？」

「何を仰せですか……旦那様、それがしにお任せを～」「高砂やぁ～この浦舟にぃ～帆を上げてぇ……」

「御老体～！　無理は禁物ぞ！」「ははは……」

柴田家家老・入間田求馬が『高砂』を謡い踊り出したが、喜びのあまり、すでにかなりの酒量に達した求馬。千鳥足でふらふらになってしまっていた。忠次郎、於靖、それぞれの家の親族、古内志摩……皆が笑い、やんやの喝采を送った。

柴田家に古内家……彼らは伊達家中の政争のさなか、対立する伊達兵部一派らとのつば迫り合い・せめぎ合いの渦中にあったが、誰もがそれをひととき忘れて、この幸福な縁組を喜び、婚礼の席では大いに酒を酌み交わし、高揚感に浸っていた。

やがて彼らに襲い掛かる、世紀の悲劇への前兆は、この時誰も感じてはいなかった。

外記の最期

「ではこれより江戸へ参る。内蔵、留守を頼むぞ」

「父上、かしこまりました。行ってらっしゃいませ」

「幕閣老中の審問は長くかかろう。春先までかかるやもしれぬ。江戸での様子は、文を書いて知らせる。心して読むように」「はっ」

「帰る頃には、庭の江戸彼岸も咲いておるだろう。ゆるりと花見をしたいものよ。忠次郎夫婦も招くとするか」

「父上の御帰り、家中皆でお待ちしております。花見の支度もさせましょう」

「そうじゃな」

「……父上がお一人で行かれると、お決めになったことではございますが、それがしがお供仕る訳には……」

「よいか内蔵、そちは嫡男ぞ。この儂の身に何かあるやもしれぬ。留守居役も大事な役目じゃ。仙台へ戻りしのちは、内蔵、そちへの家督相続の支度を始める。そのつもりで」

「かしこまりました」

「忠次郎の婚儀を終え、久しぶりに心晴れやかな正月を迎えるはずじゃったが、お上からの下命では、行くしかないのお。安芸様も早まったことをされたものだ。隠居前、最後のお家への奉公じゃな」

年は明けて寛文一一年（一六七一）正月末、柴田外記朝意は、嫡男・内蔵宗意や家臣らに見送られ、急遽、江戸へと出立した。前年秋の次男・忠次郎の華燭の典の余韻冷めやらず、一段と気分が高揚した正月を迎えるかと思われたが、その直前、屠蘇《とそ》気分も吹き飛ぶ出来事が起こった。

外記が「安芸様」と呼んだのは、涌谷《わくや》伊達家二万二千石当主・伊達安芸宗重《あきむねしげ》のことである。

仙台藩領内で発生した知行地同士の境界線紛争が、藩内では一向に解決の糸口がつかめず、一方の当事者である安芸宗重が、前年の一二月、幕府に訴え出るという非常の手段に出た。安芸は、境界線を設定した見分役人が、伊達兵部宗勝の息のかかった者で、甚だ自身に不利な裁定を受けたことに、不満を爆発させたのである。

かねてより兵部派の専横に憤激していた安芸は、藩主の親族である「一門」という最上位の家格から、反兵部派の頭目格とされてきたが、境界線紛争を切り口として、この際一気に、自ら先頭に立って兵部一派らの積年の悪事を洗いざらいぶちまけ、幕閣を動員して兵部らを藩政の場から追い落とすつもりでいた。

安芸の提訴は、幕府のさらなる苛烈な介入、ひいては仙台藩・伊達家六十二万石改易の危機をもはらむ、非常に危険なもので、周囲の反兵部派は止めに入った。外記もまた、安芸屋敷を足しげく訪れ、自重するよう説得にあたったものの……。

「いつまでも兵部の思うがままにさせてなるものか。最後は兵部と刺し違えるまで。死なばもろともじゃ……」

安芸の決心は固かった。自領内の寺で、住職に法名をつけさせ、首を洗い、外記に遅れること数日、二月二日に江戸へと出立した。己が命を賭して、伊達家中の政争と混乱を終結させる覚悟を秘めた、悲壮な決意であった。

外記は藩政を預かる奉行の一人として、酒井大老や老中らの審問（事情聴取）を受けることになり、幕府から出頭を求められたのである。外記のみならず、原田甲斐もまた出頭を求められ、別の日に江戸へと上っていった。

老中らによる審問は、二月中旬から板倉老中屋敷で開始された。伊達安芸、原田甲斐、柴田外記が順次一人ずつ呼ばれていったが、兵部派の甲斐、反兵部派の安芸・外記……当然、主張は真っ向から対立した。

また外記は、自身の老齢を理由に、若い奉行である古内志摩も呼んでほしいと希望し、三月中旬、追って志摩も江戸に上ってきた。

「志摩殿、遠路御足労、相済まぬ」

「外記様、驚いてござる。それがしを江戸までお呼び立てするとは……。して、首尾はいかがでござろう」

「老中・板倉様は、ほぼ安芸様とそれがしの言い分を認めて下さっておる。他の老中幕閣もほぼしかり。先年隠居なされた保科肥後様（三代将軍家光実弟・保科正之。引退まで親藩・譜代大名の長老格）が、『安芸の訴えに理あり。兵部の専横、目にあまるものあり。この訴訟、決着したも同然』と見て下さっているお陰じゃ。謹厳実直、公正無私な保科様が、味方に付いて下さったのは大きい。今までは、兵部は伊達家ご初代（政宗）の十男、また大名ということもあって、幕閣でも処断に遠慮がちだったようじゃが……」

「それは重畳。それがしなど不要ではござらぬか？」

「いやいや、あともう一押しが肝要。儂ももう歳。志摩殿の与力がほしい。三対一で甲斐の奴を雪隠詰《せっちんづ》めにしたい。ただ、甲斐も『窮鼠《きゅうそ》猫を噛む』、何をしでかすか分からぬ。あと残る問題は、兵部と縁戚の酒井大老がどう動くか……あの方だけは、幕閣ではただ一人、出方が読めぬところだ」

「さすが慎重居士の外記様……いや失礼、相分かり申した。それがし、外記様の仰せのとおり、存分に助太刀いたしましょう」

酒井大老の判断こそ懸念材料であったが、勝訴への手ごたえは十分にあった。しかし、外記が当初思った以上に審問期日が経過し、主人の帰りを待つ、仙台柴田屋敷の江戸彼岸はとうに満開を過ぎ、花は散ってしまっていた……。

三月二七日、もう何回目の審問になったか、それまで個別召集・審問であったのが、出頭対象者全員（伊達安芸、原田甲斐、柴田外記、古内志摩）が一度に召集された。召集の態様が今までと異なる上、集合場所が板倉老中屋敷から、一旦集合した段階で突然、酒井大老屋敷への変更が通告された。「すわ！　これが最終審問か」と、各自緊張が走った。

審問会場は、江戸城大手門にほど近い、酒井屋敷の大書院となった。酒井屋敷は、庭の一角に、かの平将門の首塚（将門塚《しょうもんづか》）があることでも有名で、得も言われぬ霊気が屋敷中に漂う、実に不気味な場所であった。

審問は、一人ずつ酒井大老に呼ばれ、古内志摩の番となった。志摩が控えの間を出て、廊下を歩いていた、その時である。

「おのれええ！」「甲斐殿！　御乱心か！」「うおおおお！」

伊達安芸、原田甲斐、柴田外記が控えていた間から、次々と大声がしたと思った瞬間、ガタガタと襖が鳴り、キン！　キン！と刀がぶつかり合う音が激しさを増していった。異変を察知した酒井家の者が、控えの間に殺到し、次々抜刀していく。激しくもみ合い、斬り合いとなる……。

敗色濃厚となった原田甲斐が追い詰められ、逆上して安芸・外記両名に斬りかかったといわれるが、誰が誰を斬りつけ、一体何が起こったのか、この場で正確に把握できた者はいなかった。

「六左衛門！　一大事じゃ！　刀を持てい！」

「はっ！」

この時、「甲斐殿！　御乱心か！」の声を聴き、只事ではないと反応した古内志摩は、使者の間に控えていた江戸在府の家老・蜂屋六左衛門とともに、控えの間に突入した。

「安芸様ー！　外記様ー！　いずこぞー！」

「おのれ、志摩あああ！」

血まみれの原田甲斐が、叫び声を上げて襲い掛かってきたため、志摩はとっさに斬りかかったが、自身も六左衛門とともども、何者かに刀を浴びせられ、負傷した。

ようやく斬り合いが収まった頃、伊達安芸、そして原田甲斐は、ほぼ即死状態となっていた。対して柴田外記は……。

「外記様！　外記様！　志摩でござる！　お気は確かか！」

「内蔵……忠次郎……あとを頼む……お家への忠義が第一じゃぞ……」「母上……ご安心召されませ……長宗我部の血は盤石でござる……」「肥後殿……あの握り飯のお礼……言上……」

「え、今何と？　……外記様、外記様！」

別室の奥書院で、太刀を握ったまま血まみれになって倒れ、虫の息の外記が発見された。外記は薄れゆく意識の中で、何事かつぶやいたが、介抱した志摩をはじめ、聞き取れる者はいなかった。

寛文一一年（一六七一）三月二七日、柴田外記朝意、江戸大手町・酒井大老上屋敷にて落命。享年六十三。死因は出血多量による失血死であった。斬り合いの混乱の中で、相当深手の刀傷を負っており、もはや手の施しようがなかった。

落城寸前の大坂城から、母とともに脱出して以来、伊藤肥後信氏ら多くの者の縁と支えで命を長らえ、伊達家中で目覚ましい活躍を見せた生涯であったが、ここに本人も周囲も全く予期せぬ、呆気ない人生の幕切れを迎えることとなってしまった。

家族の結束

江戸での変事を受け、急を告げる使者が、続々と柴田屋敷、そして伊藤三右衛門屋敷に殺到した。

「申し上げます！　一刻前に江戸表より早馬が御城に到着。江戸酒井大老屋敷にて、原田甲斐様御乱心！　刃傷沙汰に及び、伊達安芸様、柴田外記様、斬りつけられ重篤、古内志摩様も大怪我の由！」

「何！　父上が！　志摩様が！　嘘ではあるまいな！」

「申し上げます！　柴田外記様、身罷った由にございます！」

「何故じゃあ！　嘘じゃ！　嘘じゃと言うてくれ！　父上ぇぇぇ！」

「おのれ甲斐めぇ！　許さぬ！　よくも父上を……」

「旦那さま……ああ、何と痛ましきことに……」

実家の父の突然の凶報に、たまらず取り乱した忠次郎と、涙に濡れる於靖。しかし、いつまでも泣き騒いではいられなかった。

「ただちに柴田屋敷へ上がる。兄上からの命を受けねばならぬ。次善の策も話し合わねばな。於靖、着替えるので手伝うてくれ」

「はい……」

「いかがした、於靖。手を止めるでない」

「……」

最愛の夫・忠次郎の心情を慮り、於靖は嗚咽が止まらず、忠次郎の背中にすがっていた。

「泣くばかりではいられぬぞ。しばらく帰れぬやもしれぬ。伊藤の父上をくれぐれも頼む。近頃元気をなくされているのが気がかりじゃ。伊藤の父上には、柴田の父上の分も長生きしていただきたいのじゃ。父上は於靖が頼りぞ。分かるな」

「はい……」

忠次郎は泣き続ける於靖を強く抱き締め、諭すように告げた。忠次郎もまた、肩の震えが止まらなかった。

「それに、お腹の子にも障る。躰を大事にな。無理はせぬよう。留守を頼む。於靖の世話をくれぐれも頼むと、常々、お志免にも申し伝えてある」

「はい……」

伊藤三右衛門家最大の心配ごとであった跡取りができ、忠次郎の岳父・輔氏は肩の力が抜けたのか、婚礼からしばらくして病気がちになり、床に臥せるようになっていた。しかし、ほどなく最愛の一人娘・於靖の妊娠が分かり、初孫誕生までは生きていたいと、望みをつないでいた。

「むこ殿。此度は外記様が誠に痛ましきことに……当家は、それがしの不甲斐なさ故に、於靖に苦労をかけ、お家断絶も覚悟しておりましたが、むこ殿に来ていただいて、孫まで授かり……この三右衛門、過ぎたる婿を頂戴仕り、何とお礼を申し上げて良いやら……」

病床から起き上がった輔氏は、絞るように声を上げた。

「父上、何を仰せですか。亡き柴田の父は、当家ご初代への恩返しに拘られましたが、それがし、それ以上に、於靖の夫に、父上の息子になりとうございました。この天から授かった縁、大事にいたします。どうか父上、お命を長らえて下さい。まもなく我らが子、父上の孫が生まれます故……」

「かたじけのうござる……」

岳父を見舞ったのち、忠次郎は柴田屋敷へ向かった。

幕府や幕閣をも巻き込んだ事件だけに、忠次郎はこの時、伊達家六十二万石の改易・取り潰しを覚悟していた。知行地を手放すのはもとより、家中の者の大半に暇を出さねばならぬだろうが、於靖、間もなく生まれる我が子、於靖の乳母でもあるお志免ら、気の置けない数人の近習、そして病の床にある伊藤の父上……たとえ士分を捨てても、百姓でも町人でも商人でも良い、何としても皆で生きる、生きてやると心に誓っていた。

柴田屋敷へ駆けつけた忠次郎は、留守を守る兄・内蔵宗意から次の命を受けた。

――早馬の報せには「原田甲斐が乱心で父上を斬った」とあったが、逆に父上が乱心の甲斐を押さえようと斬りかかった、とする報せもあり、まだ事実がはっきりしていない。だが、甲斐の乱心が発端であることはほぼ間違いあるまい。故に、いずれ原田家にも相応の処断が下されよう。原田甲斐、原田家への仇討ちなどという軽挙妄動を厳に慎むこと。それよりも、病床の伊藤の父上、奥方、生まれてくる子供を大事にせよ。

——父上からの文では、安芸様の勝訴は近く、幕閣には伊達家を改易・取り潰しにする意思はないことは明白。家中の紛争が収まれば、必ずや、雨降って地固まるの例えどおりになるだろう、とあった。父上を信じて、各々が為すべきことを為し、江戸からの次の報せを待て。

——父上は「忠次郎を引き立てるように」と常々仰せであった。宗意、これを父上の遺言と心得《こころえ》、忠次郎と、将来生まれるであろう、おぬしの嫡男を支えていくことを約束する。兄弟力を合わせて、父の分まで役目を果たそう。

伊藤屋敷を出る前、その口ぶりは落ち着いていたかのように見えた忠次郎。しかし実際は怒りと悲しみで、まだまだ心は浮足立っていた。父から家督相続の意向を聞かされ、当主としての覚悟をすでに固めていた兄の言で、ようやく落ち着きを取り戻すことができた。

生まれ変わり

一連の悲劇を経て、人々は再び立ち上がろうとしていた。

藩政を恣《ほしいまま》にした伊達兵部宗勝らは次々処断され、「兵部派」は完全に解体された。兵部は遠国の土佐山内家預かりとなり、伊達家からようやく遠ざけられた。柴田外記・古内志摩と対立していた亡き原田甲斐の罪に連座し、原田家は改易処分となった。

かくして、伊達家・仙台藩六十二万石は、亡き外記の見立てどおり、忠次郎が予想した最悪の事態を回避し、無事に安堵された。

ここに、江戸時代最大級のお家騒動とされ、後世「伊達騒動」「寛文事件」と称された一連の騒動は、幕を閉じた。

伊藤忠次郎氏親の兄、柴田内蔵宗意は、父の没後すぐに柴田家の家督を相続し、奉行に就任。ただちに、動揺した藩や家中の体制建て直しに動き出した。後年、柴田家は元原田家の知行地にして、かつて戦国時代まで所領としていた故地・柴田郡船岡（のちの宮城県柴田町船岡）に移封となり、知行五千石に加増される。

忠次郎夫妻の媒酌人を務めた古内志摩は、斬り合いに巻き込まれ重傷を負った。ともに巻き込まれた蜂屋六左衛門とともども、酒井大老屋敷から生還したが、六左衛門は負った傷が深く、事件翌日の未明に息を引き取った。志摩は、何とか仙台へ帰還し、その後は手負いの躰のまま、柴田内蔵ら後任の奉行とともに事件の事後処理に奔走した。しかし、怪我の後遺症、破傷風に苦しみ続けたという。この数年後、志摩は四十三歳という若さで没する。

未だ事件の余韻冷めやらぬ、この年、寛文一一年（一六七一）の秋――。

――おぎゃあああ！

「お志免、生まれたか！」「むこ様、お生まれにございます。元気な若様ですよ」

「於靖！　でかした！　跡継ぎじゃ、跡継ぎじゃ！　父上、一大事でござる～！」

「間違いない。この子は亡き柴田の父上の生まれ変わりぞ。有難うござる。柴田の父上！」

赤子の泣き声以上に、忠次郎の絶叫が屋敷中にこだましていた。

身重になっていた於靖は、侍女のお志免が産婆となって、ひときわ元気な男の子を出産する。嫡男・八郎氏久である。伊藤三右衛門家の新たな後継者誕生、そして氏久の亡き祖父・柴田外記朝意の生まれ変わりと、忠次郎や周りの者は、大いなる喜びに包まれた。初孫の誕生までは と、闘病中だった三右衛門輔氏も、待望の嫡孫を腕に抱き、嬉し涙にくれた。

年は明けて寛文一二年（一六七二）二月、伊藤三右衛門家当主・輔氏が亡くなった。

こんこんと早春の遅い雪の降りしきる日、忠次郎・於靖夫婦や赤子の氏久、お志免ら家中の者に見守られながら、全てに満足し切ったような、穏やかで安らかな表情を浮かべ、静かに床で眠るような最期だったという。

三右衛門輔氏は、すでに御城での御役目を辞して久しかったが、武頭・足軽頭の職を四十八年の長きにわたり勤めた、との記録が残っている。享年七十、当時としては長寿であったといえる。

幼き日の父・三右衛門氏定の悲劇的な遭難死、嫡男が生まれず苦悩した日々、思いがけず祖父・信氏の遺した徳と縁がつないだ、重臣・柴田家からの婿養子迎え入れという望外の幸運、家族愛あふれる於靖と忠次郎の支え、柴田家を襲った悲劇との遭遇、そして最晩年に待望の嫡孫誕生……波乱万丈の生涯を送った祖父・信氏とは時代背景が異なるが、幸運・不運が激しく入れ替わる、まさに波乱万丈の生涯がここにもあった。

輔氏の葬儀をあわただしく終えた忠次郎は、いよいよ伊藤三右衛門家の当主となる。婿養子のため、当主「三右衛門」の名乗りを引き継ぐことはなかったが、前述のとおり、相続により知行五十貫文（五百石）の領主となった。

三月、家督相続の手続きを一通り終えた忠次郎・於靖夫婦は、八郎氏久を抱いて、当主となった内蔵宗意への挨拶に、柴田屋敷を訪れた。庭のあの江戸彼岸は、いつもと変わらぬ花を、豪壮に咲かせていた。

「於靖、兄上は、八郎の後見をしたいと仰せじゃ。兄上の御意のままに、万事お頼みすることにした。八郎は父の生まれ変わりに相違ない。奉行としての御自らのお力で、いずれ小姓など、しかるべき役目に就けたいと」

「有難きことにございます。お兄上様には何とお礼を申し上げてよいやら……」

「兄上から伺ったのだが、亡き柴田の父上、仙台に戻りし折は、『ここで花見がしたい、忠次郎夫婦も招くか……』そう仰せじゃったと」

「お招きであったなら、喜んでお父上様に会いに伺いましたのに。無念にございます……この子……八郎をお見せしたかった……」

「柴田の父も、伊藤の父も身罷った。じゃが、この江戸彼岸だけは、変わらず花をつけてくれる。於靖、儂らが樹の下で初めて話をした、この江戸彼岸……」

「はい……」

「この樹は何も語らぬ。なれど、父上の思い、兄上の思い、我々夫婦の思い、全てを聞き届け、咲く花にして応えているのだ」

人の命は儚いもの。江戸彼岸もまた、豪勢に咲きながら、儚く散るもの……に見えるが、人よりはるかに長い生命をつなぎ、その長い生命ある限り花をつけ続け、花を愛でる人々の思いを見守り、それに応えようとしている。

帰らぬ主人を待ち続けた江戸彼岸は、その後も長く残った。

次いで四月、忠次郎は初めての江戸番を命ぜられ、仙台藩江戸屋敷へ単身赴任となった。妻・於靖は江戸へ連れてはいけないので、八郎氏久とともに、当主不在の屋敷を守ることになった。愛する妻子を残し一人、参勤交代の行列に加わり、実父最期の地である江戸へ向かう忠次郎。その心中は、複雑なものがあった。

（伊藤の父上も身罷ったばかり。於靖と八郎、傍にいてやりたかったが、お志免らにあとを託すしかあるまいの。それよりも、江戸で荼毘に付された柴田の父上の亡骸、儂と行き違いになってしもうたな。江戸番では葬儀にも行けぬ。ここはただ、一心に役目を果たすのみ。父上、見ていて下され……）

父・柴田朝意の遺骸は、「火葬寺」と呼ばれた江戸郊外、荏原郡桐ケ谷の霊源寺で荼毘に付され、忠次郎が仙台を出立するのとほぼ同時に奥州街道を北上。四月一三日、米谷の在郷屋敷に無言の帰宅を果たした。

婿養子入りまで、何かと自分を気にかけ、将来を案じてくれた父。忠次郎はその父の葬儀に参列し、別れを告げたかったが、心ならずも果たせず、家の者を名代として柴田家に遣わした。

少しの時を経て延宝四年（一六七六）、今度は忠次郎の嫡子・八郎氏久が江戸番を命ぜられた。この時氏久、わずか数え六歳。異例の早さだが、この歳での「御役目」となれば、藩主の傍に仕える「児小姓《ちご》」である。伊藤三右衛門家、歴代当主又はその後継者としては、初めて就いた役目であり、父の実家・柴田家（すなわち、当主にして奉行の柴田宗意）による推薦やあと押しがあった。

こうして氏久も、藩主参勤交代の行列に加わることとなった。

江戸出立前、伊藤三右衛門屋敷にて——。

「八郎、江戸では柴田の伯父上・お奉行が父代わりになって下さる。伯父上の言いつけをしっかり守るように。殿に粗相のないように。児小姓、我が家では初めての大事な御役目じゃ。分かるな」

「はい、父上……」

「八郎……大層立派な姿に……母は嬉しゅうございます。おじじ様が御存命なら、喜びもいかばかりかと。されど、別れがつろうて、つろうて……」

「母上……ははうえぇ……あああ！」

まだ数え六歳の氏久、母のぬくもりが恋しい年頃。ついに大泣きし、母の胸に顔をうずめた。涙ながらの母・息子の別れであった。

氏久が傍近くに仕えることとなった若き主君・伊達綱村は、一連のお家騒動のごたごたで、一時は人間不信に陥り「気難しい殿様」といわれていたが、氏久の伯父である奉行・柴田宗意には心を開き、絶大な信頼を寄せるようになっていった。

綱村は、その気難しさから、後年には家臣団との対立を度々引き起こしたが、時に城を出て柴田屋敷に逗留し、気の置けない宗意相手に、心安らぐ時を過ごしたといわれる。

氏久は、この幼齢での江戸番抜擢・児小姓拝命を契機に、伯父の指導教育の甲斐あって、徐々に役目をこなし、伯父同様、綱村の信頼を獲得していった。やがて当主・三右衛門の名乗りを継いだ氏久は、成長するにつれて順調に昇進し、「目付使番」の職に就く。目付使番は若年寄隷下、藩内監察の重責を担う目付の部下であり、小姓に引き続き、藩主の傍近くに仕える役目でもある。

父の忠次郎もまた、順調な出世を遂げていく。江戸番から帰ったあとは、仙台城本丸御殿虎之間御番、足軽頭を経て、元禄四年（一六九一）作事奉行、同六年（一六九三）江戸番組頭と要職を歴任。屋敷には忠次郎配下の、大勢の与力同心が足繁く出入りするようになり、一段と賑やかになっていった。

忠次郎に氏久、それまで歴代が「武頭」「足軽頭」止まりだった伊藤三右衛門家からすれば、ともに一つ上の華やかな舞台に上がったことになろう。

知行増に昇進、そして時を越えての巡り合わせで得た、重臣・柴田家との縁と絆。伊藤三右衛門家、これ以後数代にわたる栄華への序曲であった。

躑躅岡の桜

時代は下り、元禄一一年（一六九八）の春――。

この年から三年ほど前、仙台藩主・伊達綱村は、ともに幼少期のお家騒動を乗り越え、苦楽をともにした生母・三沢初子の菩提を弔うため、躑躅岡《つつじがおか》と呼ばれる仙台城下東端の丘陵に、釈迦堂を建立。辺り一帯に、約千本といわれる枝垂れ桜を植栽させた。次第に成長していった桜は、釈迦堂の参道を艶やかに彩り、花盛りの丘を形成する、見事な景勝地になった。

やがて当地は、仙台城下の町人・庶民も気軽に楽しめる行楽地へと成長していき、二十一世紀の現代、花見の名所として仙台市民に親しまれる「榴岡公園」の原型となっている。

その釈迦堂の参道、満開の枝垂れ桜並木の下を、初老の武士が、気品あるたたずまいの夫人を連れ立って歩いている。

「まだ若木とはいえ、見事な桜じゃ。於靖、思い出すな……我が実家の屋敷に、初めてそなたを招いて花見をした日を」

「はい、あの日は亡きお志免と一緒で、初めてあなた様の御屋敷に招かれて……」

「そうだったな。まるで昨日のことのようじゃ」

「家に戻ったあと、お志免から『忠次郎さまから、次のお誘いを受けた時のお嬢様、あんな明るいほがらかなお顔、久方ぶりに見ましたよ』なんて言われて……恥ずかしかった……」

「あの日のそなた、江戸彼岸の下でとても光り輝いて……美しかった。今も美しいぞ。於靖」

「まあ、もうお上手！　こんな皺くちゃなおばばを捕まえて、お戯《たわむ》れを……ほほほ」

「戯れではない。そなた、我がおばば様の願い……覚えておるか」

「ええ、子を産み育てる道具でも、お家存続の道具でもなく、人らしく、美しく、己の信ずる道を歩む、光り輝く女子に……あなた様からの御言葉、よく覚えております。わたくし、そんな女子になれましたでしょうか……」

三沢初子（一六四〇～八六）仙台藩三代藩主・綱宗側室。お家騒動から我が子・伊達綱村を守り育てた逸話が、歌舞伎『伽羅先代萩』に登場する政岡のモデルとなったとされる。

「躑躅岡釈迦堂」参道跡（筆者撮影）

「なれたとも。故に今も美しいと申しておるのだ。ははは……。於靖、儂と夫婦になれて、良かったか?」

「はい。あなた様の妻になれて、幸せです。八郎……三右衛門も立派に育ってくれました。何不自由ない暮らしをさせていただいて、あなた様はいつもわたくしを気遣って下さって……靖は日の本一の果報者です」

「来年も、ともに此処に足を向けたいものだな。於靖。付きおうてくれるか」

「ええ、喜んで!」

三十年近く前、江戸彼岸の下で見せた、明るくほがらかな於靖の笑顔が、そこにあった。


（第二章『縁《えにし》と絆《きずな》と栄《さかえ》と』完）

第三章　盛《せい》、そして衰《すい》へ

明和九年（一七七二）〜明治一〇年（一八七七）

【主な登場人物】
氏名上の★印は実在の人物を示す。無印は実在人物をモデルに創作した架空人物である。

《伊藤三右衛門家》
伊藤三右衛門朝之《ともゆき》　伊藤三右衛門家・六代当主。眉目秀麗、忠義に厚く勤勉で、藩主や姫君の信頼も厚い。しかし家庭内では……。
伊藤八郎意輔《もとすけ》　朝之の嫡男。朝之は跡継ぎとして将来を期待していたが、遊郭や芝居小屋に入り浸り、父の禄を食い潰す日々。
伊藤三右衛門頼親《よりちか》（幼名・忠次郎）伊藤三右衛門家・七代当主。親族から迎えられ、朝之と養子縁組。次期当主となる。しかし時代は飢饉や経済不安のさなか。義父から継いだ家を守らんと苦悩する。
伊藤八郎頼長《よりなが》　三右衛門頼親の嫡男。父の命を守り、次期当主として自己鍛錬に励むも……。
伊藤平左衛門《へいざえもん》　伊藤三右衛門家が持つ知行地を代々管理してきた「地肝煎」の一人。祖父は伊藤三右衛門朝之の義弟にあたり、朝之の知行加増に伴い分家独立し、新たな知行地の経営を任された。

伊藤巳之松《みのまつ》　伊藤平左衛門の父。かつて地肝煎を務めたが、隠居となり、平左衛門に家督を譲っていた。

《仙台藩》

★**伊達重村《しげむら》**　七代仙台藩主。治世中、二度にわたるお家騒動に家臣間の不和などで、気苦労が絶えない。忠勤一筋の近習・伊藤三右衛門朝之を頼りにしている。

幾姫《いくひめ》　伊達重村の息女。江戸屋敷で働く伊藤三右衛門朝之を特に気に入る。

★**中村日向義景《なかむらひゅうがよしかげ》**　仙台藩奉行（筆頭家老・執政）。仙台藩の藩政を取り仕切る重臣。時の将軍や幕府老中にも一目置かれ「剃刀日向」と綽名《あだな》される。

★**男澤権太夫《おとこざわごんだゆう》**　仙台藩町奉行。仙台藩内のとある「横領疑獄事件」の捜査指揮を執る。事件の詮議や吟味は正確無比と評判が高い。

★**山崎源太左衛門《やまさきげんたざえもん》**　仙台藩町奉行。男澤権太夫とともに「横領疑獄事件」の捜査にあたる。武芸に秀で、自ら編み出した捕縄術《ほじょうじゅつ》「大征流《たいせいりゅう》」家元を号し、多数の門弟を擁している。

★**柴田外記意定《げきもとさだ》**　仙台藩重臣・柴田家当主。第二章の柴田外記朝意から数えて六代後の当主にあたる。

柴田外記朋親《ともちか》　意定の次の代の柴田家当主。

★大槻定之進《さだのしん》　幕末期の仙台藩士。藩主の命を受けた「お尋ね者」の捕縛にあたり、捕縄術の心得がある伊藤八郎頼長を起用する。

【はじめに…第二章までの展開回顧】

仙台藩で代々足軽頭の職にあった伊藤三右衛門家は、三代目に婿養子として、仙台藩重臣・柴田外記朝意の次男、忠次郎氏親を迎えた。三右衛門家にとっては、望外な高い家格の家からの婿養子となった。

初代・肥後信氏は、かの大坂の陣に際し、大坂城から脱出した柴田外記朝意とその母・阿古姫を救出しており、この親子は信氏を「命の恩人」として、深く恩義を感じていた。また、この阿古姫をきっかけとして、忠次郎と三右衛門家当主の一人娘・於靖の間に、愛と固い絆が育まれ、これら良き「縁」が巡っての幸福な婚姻となった。

一方この頃、仙台藩・伊達家ではお家騒動が激化。いわゆる寛文事件（伊達騒動）である。この事態収拾を巡り、柴田外記朝意が、江戸で刃傷沙汰に巻き込まれ遭難、絶命するという不幸に見舞われた。しかし、縁戚となった柴田家からの支援による知行地増、より高位の役職就任の機会を得て、伊藤三右衛門家は栄華への階段を駆け上がり始めた。

御役目

時は仙台藩・伊達家七代当主・伊達重村の治世。江戸幕府は十代将軍・徳川家治から十一代将軍・家斉の治世にあたる。

相次ぐ飢饉や打ちこわしなど、社会に渦巻く人心の不安、幕府や各大名家が直面する財政逼迫など、様々な危機に人々が直面していた時代である。

仙台藩とて例外ではなかった。宝暦六年（一七五六）、重村は十五歳の若さで藩主となったが、在世中に家中人事を巡る家臣らの激烈な争い・お家騒動を二度も経験した。「宝暦の政変」「安永の政変」である。

また、数年に跨る米の凶作で、二度の大飢饉（宝暦・天明の大飢饉）が発生。生活の困窮は、百姓のみならず、武家や町人にも及んだ。

殊に武家では、金銭で武家身分を富裕町人に売却する者、城下の屋敷が維持できずに手放す者があとを絶たず、凋落が目につき始めた。武家身分を金で買い取り「金上侍《きんじょうざむらい》」となった富

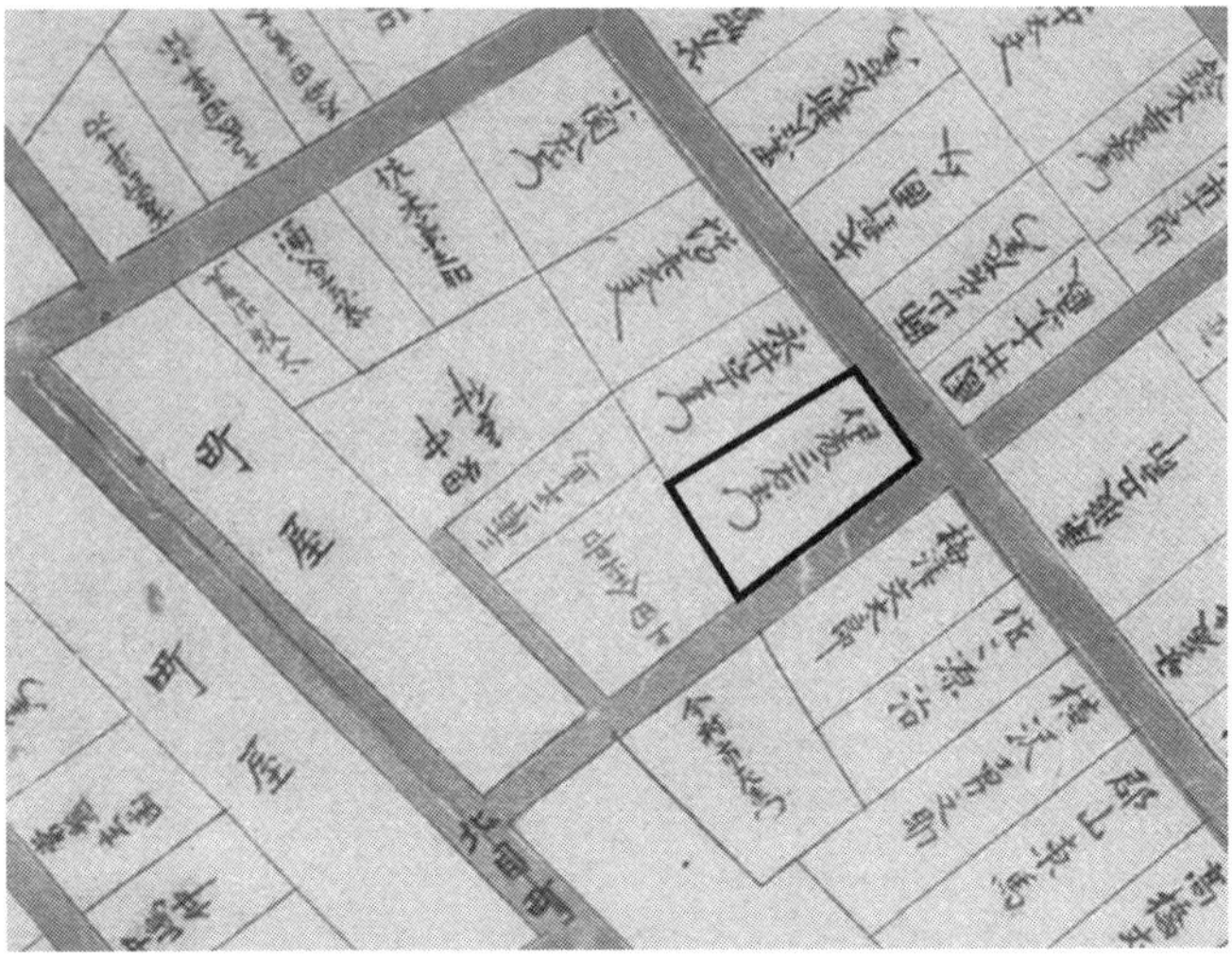

寛政元年の伊藤三右衛門「北目町屋敷」（『仙台城下絵図』より）

裕町人としては、豪商「安倍清右衛門」が知られ、清右衛門は「米の買い占めで暴利をむさぼった」と市中の町人に憎まれ、米価高騰の折に仙台城下の屋敷の打ちこわしに遭っている（安倍清騒動、天明三年＝一七八三年発生）。

さてこの頃、仙台藩士の伊藤三右衛門家は、藩の重臣・柴田家から婿養子入りした三代当主・忠次郎氏親から数えて三代あと、六代当主・伊藤三右衛門朝之の代になっていた。

この時代、寛政元年（一七八九）頃に編纂された古地図『仙台城下絵図』によれば、伊藤三右衛門の屋敷は、仙台の城下町のほぼ中央、北目町通と東二番丁通の角に見ることができ、この地は、令和の現代においても、仙台市内では屈指の一等地にあたる（以下、この屋敷を「北目町屋敷」と称する）。

家格は初代以来引き続き「平士」格、知行高は五十貫文（五百石）。かつての二代当主・輔氏が小さな町屋敷で倹しい暮らしをしていた頃とは打って変わって、大きな屋敷を構え、家僕や女中などを多く召し抱え、また多くの百姓衆を使役していた。

三代目として、忠次郎氏親が婿養子に迎えられて以降、代々藩政の要である奉行職を輩出した柴田家が縁戚となったことで、続く四代氏信、五代意親《もとちか》が、城中や江戸屋敷で、小姓を経て目付使番の職を得、藩主の傍近くに仕える立場を手に入れた。

また、五代意親、六代（当代）朝之、のちほど登場する六代の嫡男・意輔《もとすけ》と、当主とその後継者は、柴田家歴代当主の諱ゆかりの「朝《とも》」「意《もと》」の偏諱《へんき》を与えられるようになり、柴田家縁戚として、家のステータスを強調するものとなっていた。

こうして、人々の困窮や社会不安、武家の凋落をよそに、伊藤三右衛門家は栄華のさなかにあった。殊に当代当主・三右衛門朝之は、眉目秀麗、忠義に厚く勤勉なことで知られ、主君の

北目町屋敷の位置　現在の仙台市青葉区一番町一丁目九番地付近。

傍近くに仕える役目を次々歴任し、仙台城中、あるいは江戸屋敷を舞台に、目覚ましい働きぶりを見せていく。仕えた藩主は、七代重村、八代斉村《なりむら》、九代周宗《ちかむね》の三代に及んだ。

朝之は、児小姓や小姓の経験を経て、明和九年（一七七二）頃「目付使番」に着任。この年一一月には、藩主・重村の「青根温泉《あおねおんせん》」湯治に随行した。青根温泉は仙台藩領内で、藩主専用の湯治場「御殿湯《ごてんゆ》」を持つ数少ない温泉の一つである。

その御殿湯の湯屋にて、重村が朝之を連れて躰を休めていた。

「三右衛門……少し背中をもんでくれるか」

「はっ、かしこまりました」

「余は疲れてしまった……若年寄の葛西三郎らが、近頃奉行どもと仲違いをしておるようでの。城におると、余の元へ双方からやいのやいのと注進が来る。余は奉行と若年寄の板挟みじゃ。城中が騒がしいのは困ったものじゃな」

「ははっ、殿の御心中、お察し申し上げます……」

「役目に一心の三右衛門が、余は羨ましい。伊達家の当主なぞ、疲れることばかり。叶うなら城に戻らず、ずっとこうして青根に引き籠もりたいくらいじゃの」

「殿、何を仰せでございますか。殿あっての伊達家ではございませぬか……それがしは若年寄配下にある目付使番でございますが、奉行のお歴々にも常々気を遣わねばなりませぬ。板挟みの苦しみは、それがしとて、殿と同じでございます」

「ああ、こうして余の心持ちに寄り添ってくれるのは、三右衛門、そちだけじゃな。礼を申すぞ」

「有難きお言葉。痛み入りまする……」

「そちは眉目秀麗の誉れ高い。城中では、色小姓などと陰口を叩く輩もおるじゃろうて」

「いえ……決してそのようなことは」

「隠さずとも良い、三右衛門。余にその気はない故、安心せい！　ははは……」

この頃の仙台藩では、若年寄の葛西三郎清胤《きよたね》らが、財政窮乏等で行き詰まる藩政の刷新を図るべく、数十人の同志を集めて奉行衆の更迭を企て、重村や藩主親戚筋の取り込みを図ろうと画策していた。この企ては最終的に、年明けの安永二年（一七七三）には失敗に終わり、葛西三郎は失脚・改易の憂き目に遭う。世にいう「安永の政変」である。この頃は政変直前の時期で、重村周辺は騒がしくなり、重村自身も精神的に疲れ切っていた。

そうした状況下、重村は仙台城中の喧騒を嫌い、湯治に行くと告げ、朝之はじめわずかな供回りを連れて、ここ青根温泉の御殿湯に逗留していたのである。

藩主が湯治場で、城や江戸勤めで疲れた心身を癒すには、気心の知れた近習の随行が不可欠であり、重村と朝之の関係性がここで窺い知れる。湯屋でも傍近くに仕えた朝之は、心許せる数少ない近習にして、心の支えであったようだ。時にはこのように、重村の愚痴の聞き役にもなったのであろう。

ほかにも、重村から朝之に対し、数々の褒賞が下賜された記録が残っている。

安永六年（一七七七）三月　重村の遊猟・鷹狩に随行。褒賞として鹿一頭を拝領

安永一〇年（一七八一）三月　「小袖一領」拝領

天明四年（一七八四）六月　「方金一両」拝領

天明五年（一七八五）一一月　「白金二枚」拝領

これらは後述する朝之の養子である伊藤三右衛門頼親が遺した記録である。傍近くに仕えた主君・重村からの信頼の証であり、朝之にとって、伊藤三右衛門家にとって、いかに誉れ高きものだったかが窺える。

その間、朝之は、天明二年（一七八二）六月に「近習目付」に着任した。藩政の要である家老職「奉行」隷下にあり、藩主の側近として政務に関する情報の伝達が役目である。幕府の職制でいえば「側用人」「御側御用取次」に近いものといえよう。

幾姫

時は天明年間――。

近習目付の役目に就いて数年後、朝之はこの時、藩主・重村の参勤交代に随行して江戸へ向かい、伊達家江戸屋敷に詰めていた。

「三右衛門、これ三右衛門」

「三右衛門にございます。姫様、お呼びでございましょうか……」

朝之を呼ぶのは、重村の息女、幾姫《いくひめ》である。この時幾姫、十代の少女。あどけなさを残しながらも、大人の女の色香が芽生える年頃であった。

「五月の神田明神の大祭が見てみたい。山車や町神輿が賑やかに出るそうじゃの」

「ははっ。近習たちとお出かけの支度を整え、お連れいたします」

「三右衛門もお供してくれるか……」

「はい、必ずお供いたします」

「嬉しい……約束ですよ」

「三右衛門、これ三右衛門」

「三右衛門にございます。姫様、何をお望みで……」

「わたくしは仙台へ行ったことがない。おそらくこのまま、いずこかの大名家へお嫁に行きますから、仙台へは行くこともないでしょう。宮城野、末の松山、野田の玉川……西行法師やいにしえ人も見た歌枕を、一度は見てみたかった。どのようなところか、話して下され」

「ははっ。末の松山とは……」

幾姫は、自身と倍ほども年の離れた朝之が、どういう訳か大変なお気に入りで、外出の手配から他愛のない話し相手まで、大小問わず様々な頼みごとをしてくる。大事な用件というよりも、まるで朝之に傍にいてほしいがため、用件を作っているかのようでもあった。

先に述べたように、近習目付は本来、奉行隷下にあり、藩主の側近として仕える役目が第一にある。ただ、朝之は、かつて藩主重村の妹、静姫《せいひめ》の世話をしていたこともあった。姫からの信頼は厚く、姫が西国大名の松平佐渡守の正室として嫁いでいった際、これまでの勤労の褒賞として、婚礼時に振舞われる「皆子餅」や「盛膳」を賜った、との記録が残る。

幾姫の朝之への執心ぶりは、やや常軌を逸しているようにも見えた。多感な年頃であった幾姫、そして眉目秀麗な朝之の容姿も相まって「幾姫は、身分を超えた道ならぬ恋心を、三右衛門に抱いているのではないか……」、そう噂まで流された。

朝之は「姫様のお世話は、近習目付の御役目の合間を縫ってのことで、御役目に支障がある訳ではない。姫様が良家に嫁がれるまで、一心にお支え申し上げるまで」と、噂を意に介さなかった。

幾姫は、のちに西国大名の池田石見守の正室として嫁いでゆき、「石見夫人」と称されるようになる。白無垢姿で駕籠に乗り、池田屋敷へと旅立つ幾姫を遠巻きに眺めながら、朝之は喜びと一抹の寂しさを噛み締めていた。

こうして藩主や姫君の世話に勤しんだ江戸番を終え、再び参勤交代で仙台の北目町屋敷に帰ると、朝之は留守を守っていた妻の於勝《おかつ》に、度々小言を言われるようになった。

「御役目でお忙しいのは分かります。ですがあなた様も、もう少し家内のことに目配せ下さいませ」

「何を申すか。近習目付は、殿のお傍にお仕えする大事な役目ぞ。儂は江戸と仙台の往還で忙しい。家のことはそなたや、家僕や女中どもがおる。知行地も地肝煎らに任せておる。御役目に励むのも家のため、そなたたちの暮らしのためじゃ」

朝之は耳を傾けようとしなかった。

遊蕩癖

それからしばらくして、朝之に大きな頭痛の種が芽生え始めた。

それは、嫡男の八郎意輔につき始めた「遊蕩癖」である。意輔が父の朝之に従い、江戸へ住まいを変えたことが仇となった。

就いた役目に応じて随時江戸番を命ぜられ、江戸と仙台をしばし往還した朝之は、江戸に集結する優れた学者に学ばせる機会を持たせようと、意輔を江戸遊学に呼び寄せた。

仙台藩は元々学問が盛んで、後世にも高い評価を得た学者を数々輩出している。ちょうどこの頃、かの前野良沢、杉田玄白の薫陶を受けた蘭学者・大槻玄沢が、江戸で私塾「芝蘭堂」を開設したり、玄沢とも交流のあった経世論家で、極東進出を図るロシアの情勢に関心を持ち『赤蝦夷風説考』を著した工藤平助は、仙台藩江戸屋敷詰めの藩医を務めたりしている。

すでに仙台城下で藩校「養賢堂」が整備され、武家子弟への高等教育が始まっていたが、こうした藩の「頭脳」は、国元よりも江戸に集まりがちだった。朝之は「これからの近習は、蘭学など、より多くの新しい知識が必要」との先進的な考えを持ち、伊藤三右衛門家の跡継ぎたる息子に、自分以上の出世を期待して、より高度な学問を学ばせたいと考えたのである。ところが、親の心子知らず。意輔は、父が仙台に戻っている間に、江戸の華やかな誘惑の罠に嵌ってしまった。

父譲りの眉目秀麗さで知られた意輔は、人の誘いで吉原遊郭へ足を踏み入れ、遊女たちに持て囃されたことで有頂天になり、目当ての太夫を口説き落とそうと、頻繁に足を向けるようになってしまった。さらには、芝居小屋へも入り浸るようになり、これらの行状は目にあまるものがあった。その頃、江戸で人気を博した歌舞伎役者・市川蝦蔵（のちの五代目市川團十郎）には、特に憧れていたという。

仙台に帰ってからも、意輔の遊蕩癖は収まらない。しかし仙台は、先の「寛文事件」（伊達騒動）の遠因となった事件＝三代藩主・伊達綱宗の吉原通いの教訓に加え、跡を継いだ四代藩主・綱村が大変な堅物にして「潔癖症」であった影響が尾を引き、甚だ綱紀粛正厳しい土地柄で、意輔にとっては何とも面白くない、欲求不満の溜まる町だった。

まず、仙台にはこの時代、吉原のような遊郭はなく、遊女は城下から徹底排除する方針が取られていた。その遊女屋は、仙台から東北東へ四里ほど離れた湊町・塩竈の尾島町《おじまちょう》に集結していた。意輔は「知行地を見て参る」「塩竈神社へ参拝する」などと口実をつけて数日間家を空け、わざわざ塩竈の尾島町遊郭へ向かうのである。家を空けるのが難しい時は、屋敷からより近い、奥州街道の宿場町「長町宿《ながまちしゅく》」（今の仙台市太白区長町）の旅籠に出入りする飯盛女たちを狙った。

一方、芝居小屋の方は、意輔の望む出し物はなかった。仙台藩では歌舞伎の上演が規制されており、芝居は名目上「人形浄瑠璃」だけが認められていた。そのため、役者を人形に見立てて動かす「腰人形歌舞伎」など、江戸に比べ野暮でちぐはぐな芝居ばかりであった。

「仙台の芝居小屋は田舎芝居ばかりで詰まらぬ。江戸へ戻りたい。江戸で蝦蔵の芝居を飽きるほど見たい。吉原へ行きたい」

周囲が呆れるのも意に介さず、意輔はこんなことを言い出す始末であった。

長い黄昏

寛政三年（一七九一）の或る日――。

嫡男・八郎意輔の止まらぬ遊蕩癖に、とうとう、父・三右衛門朝之の堪忍袋の緒が切れた。

「八郎！　始終遊び惚けてばかり。おぬしそれでも伊藤家の跡取りか！　武家の子として恥ずかしゅうないのか！　ご先祖様や柴田様に顔向けできると思うてか！　父がいかほどに苦労して、おぬしを養のうてきたか分かるのか！」

「父上！　ふた言目にはいつも、ご先祖様に柴田様じゃ。もう聞き飽きてござる。武家の子に産まれとうは無かった……」

「たわけ！　口答えとは小癪《こしゃく》な！　慮外者め！　この穀潰しめが……おぬしの母も、おぬしのだらしなさに、毎日枯れるほど涙を流しておるのだ……」

「その母上を泣かせたのは誰《た》ぞ。父上とて……いつも御役目、御役目。母上を独り置き去りにしたではござらぬか。それに、幾姫様と父上が不義密通しておったと、城中でも江戸でも噂でござるぞ！」

「何いい！　無礼者！　言ってはならぬことを！」

朝之はさらに逆上し、刀の鞘《さや》で叩く、殴る、蹴る……意輔に激しい折檻《せっかん》を加えた。

腰人形歌舞伎　仙台藩が風紀取締の一環として、度々歌舞伎の上演を禁じたことから、役者の腰に「人形面」を吊り下げ、「これは役者ではなく人形であり、藩内で許されている人形浄瑠璃である」と強弁の上、歌舞伎を上演したもの。時には江戸から来た歌舞伎役者も、腰人形歌舞伎を演じることがあったという。

「旦那様！　おやめ下さい！」「若様！　旦那様に逆らってはなりませぬ！」

「離せ！」「無礼者！」

慌てた家僕らが、双方の躰を羽交い絞めにし、引き離して抑えようとしたが、朝之の怒りは容易に収まらなかった。

もちろん、朝之にとっては、幾姫との不義密通など身に覚えのないことだが、噂の存在は薄々感づいていた。自分に嫉妬心を抱く烏合の衆は幾らでもいようが、忠実に役目に励み、姫様が無事に良家に嫁がれれば、噂は打ち消せると、そのような雑音は敢えて無視していたのだ。

一方、意輔にしてみれば、御城での御役目に執心するあまり、家を顧みなかった父への長年の反発・反感があり、溜まり溜まった鬱憤を一気に晴らしたかったのだろう。「幾姫と父の不義密通」の噂は、意輔とてまともに信じてはいないが、城中や江戸屋敷で、父の良からぬ噂が飛び交うことは、我慢がならなかった。

しかし、父への反抗材料にしようと、意輔がこの話をこの場で持ち出したことは、非常に具合が悪かった。

父子の間に、決定的な溝ができてしまった。

長く戦のない泰平の世が続き、文化が爛熟する社会に生まれ育った意輔は、伊藤三右衛門家の代々が、戦乱や逆境に打ち勝ちながら、苦労を重ねて今の地位と富を築き上げてきたことなど知る由もなく、想像すらできなかった。

目の前にあるのは、ただ窮屈な武家と、それをひととき忘れさせてくれる享楽の世界だけであった。

父の再三にわたる叱責も効なく、「もう武家は嫌だ」と言い残し、ついに姿を消してしまった。

伊藤八郎意輔、出奔である。

通常、武家では、家中の者が出奔した時は、所属組織の上役に「欠落届」を届け出て、期限を切って探索を行う。しかし、期限まで行方をつかめなかったり、つかめても失踪中に犯罪に手を染めていれば、一族が連座し罰を受けてしまう。仮に「脱藩」と見なされれば、それこそ重罪である。伊藤三右衛門家のみならず、家の後援者たる柴田家の体面にまで関わる問題。朝之は事を荒立てたくなかった。

朝之は柴田家へ密使を送り、事の次第を報告。人目を避けながら屋敷にも赴いた。

「かような仕儀《しぎ》と成り、申し訳次第もございませぬ……」

朝之は、当主の柴田外記意定《もとさだ》に、深々と頭を下げて詫びた。意定は「意」の偏諱を意輔に与えた人物であることは、言うまでもない。

「事の次第、相分かった。当家で探索の手を打つ故、この儀は厳に口外せぬよう」

事を荒立てたくない、それは柴田家も同じであった。ひそかに家中の者、江戸屋敷の者、さらには大坂蔵屋敷の者や遠縁の宇和島伊達家の者まで手をまわし、江戸から西国まで探索の手を広げていった。しかし、意輔の行方は、全くつかめなかった。

――近習目付の伊藤三右衛門の跡取り、八郎が出奔したそうだ。奴など、父の禄を潰してばかり。一人で生きる力なぞない。どこかで野垂れ死にしているだろう。

――八郎は芝居好きだし、美男で女にもてるクチだから、どこか役者の部屋子にでもなったのではないか。

――この前、江戸で火付盗賊改方に捕縛された盗賊・葵小僧一味に、八郎と思しき輩がいたそうだ。伊藤三右衛門の倅が盗賊……本当だったら、三右衛門も切腹どころでは済まされまい。

――いや、最近、江戸から大坂へ移った紀伊国屋（歌舞伎役者・三代目澤村宗十郎）の門弟筋で、八郎とよく似た新米が入っていたのを見た。宗十郎と『伽羅先代萩』でもやりたいのか。数代前の先祖が、江戸酒井屋敷で斬られたあの柴田外記様なのに、河原者の芝居で先祖の名を汚すとは、八郎は何と罰あたりな奴だ。

家中で緘口令を敷き、情報が漏れないようにしたにもかかわらず、ほどなく、どこからともなく、意輔にまつわる様々な噂が飛び交い始めた。しかし、噂をする者は総じて無責任なもので、このような真偽不明の噂ばかりだったが、意輔の行方を知るまともな手掛かりは、何一つなかった。

昇進と知行増で家の格を上げたい。殿様や柴田様、先祖代々の御恩に報いたい。豊かになって家族を楽にさせたい。それればかりを信じ、身を粉にして働き続けてきた朝之だったが、意輔の出奔で、全てが音を立てて崩れていくようにさえ思えた。

（儂が悪かった。家のためと思うがあまり、御役目ばかりに執心し過ぎた。八郎の養育に今少

葵小僧　江戸市中で強盗・強姦殺人の限りを尽くし、残忍な手口が怖れられた盗賊。寛政三年（一七九一）、火付盗賊改方・長谷川平蔵宣以に捕縛され、すぐに処刑された。

三代目澤村宗十郎（一七五三〜一八〇一）寛政三年（一七九一）、江戸から大坂へ移動。『伽羅先代萩』の足利頼兼役を、当たり役の一つとした。

し目配せをしておけば……)

幾ら後悔しても、し切れるものではなかった。

意輔への家督相続を諦めた朝之は、恥を忍んで上役の奉行に「八郎意輔、多年の病により……」、これを表向きの理由として、廃嫡届を提出した。出奔の噂は広まっていたが、上役らは額面どおり「多年の病」として扱った。忠臣の誉れ高き柴田外記朝意の子孫。藩主の信頼厚く、上役としても、息子一人の不行跡だけでは、朝之を無下な扱いにはできなかったのである。「意」の偏諱を与えた柴田家も、事を穏便に済ませたいがため、特に何も言ってこなかった。

意輔の母、朝之の妻である於勝は、心労がたたったのか病に倒れ、間もなく没したという。意輔の不行状を苦に、自害したとも伝わる。

(八郎のことだけではない。儂が於勝を苦しめ、死に追いやったも同然。於勝の忠告を聞き容れてさえいれば……)

城や江戸屋敷の役目ばかりに執着せず、家内にも目を向けるように。於勝に再三言われたにもかかわらず、何もしてこなかった朝之。また、幾姫と自分との不義密通の噂……朝之は於勝に対し何ら疚《やま》しいことはなかったが、根も葉もない噂でも、於勝を長く苦しめていたのではないか。それに気づいてやれなかった。今さらながら朝之は激しく後悔し、悲しみに暮れた。

年は明けて、寛政四年（一七九二）正月――。

今度はその幾姫（石見夫人）が、あろうことか、嫁ぎ先の池田家江戸屋敷で急死してしまった。享年二十一。

伊達家から池田家に輿入れして、わずか二年足らず。幾姫は、夫の池田石見守との間に、第一子の姫君を儲けたばかりであったが、産後の肥立ちが悪く、あっという間に身罷ってしまった。

しばらくして、幾姫の近習から池田家、伊達家を通じて、「勤労の褒賞」の名目で、「紫縮緬の手綱」「紅色の腕貫（腕輪）」が朝之に届けられた。幾姫の遺品である着物をほどいて作られたらしく、形見の品として内々に送られてきたようだ。嫁ぐ前の実家の、しかも一人の近習へ形見の品を贈るとは、かなり異例のことで、生前の幾姫の思いが込められているかのようであった。

それにしても、意輔、於勝、そして幾姫。あまりにも不幸な形で、何故自分の元から次々といなくなってしまうのか。朝之はただ心折れ、打ちひしがれるのみであった。その時……。

――三右衛門、これ三右衛門……。

かつて聞き慣れた少女の声が、朝之の耳に届いた。

――三右衛門、そなたとの絆、失いとうはない。手綱は人と馬をつなぐ絆。わたくしは天翔ける馬になります。その手綱で、わたくしをいつか導いて下され……。

「姫様……」

届いた手綱を握りしめながら、朝之は一人、そっと涙をぬぐった。

なお、幾姫の産んだ姫君は、長じたのち、幕末期にその英邁さで名を馳せた、とある大名の生母となるが、それはまた別の物語である。

意輔の出奔から三年が経った、寛政六年（一七九四）正月――。

朝之は多年在勤の論功行賞により、田地五貫文（五十石）を加増され、知行は五百五十石に達した。伊藤三右衛門家の歴史の中で、最大の知行高である。さらに同年九月、朝之は「小姓頭」に任ぜられた。

この時期、仙台藩ではそれまでの身分や親の役職によらない、新たな人材の登用が目立った。例えば秋保外記氏盛《あきうげきうじもり》という人物。秋保家は御一家という高い家格だが、氏盛は家格の低い分家筋出身、しかも四男坊であった。しかし氏盛は、小姓や御用取次などで主君の傍近くに仕えて台頭し、三十三歳の若さで奉行に大抜擢されている。

氏盛よりも低い平士身分とはいえ、朝之もこののち、何らかの要職抜擢の機会をつかめる可能性が出てきた。倅の不行状の果ての出奔、妻の不幸な死、さらには幾姫の夭折という、数々の心の重石を長く背負いながらも、朝之の出世は、ここまで順調過ぎるほどであり、これでようやく気が晴れ、自信を取り戻してきた朝之であった。

こうなると、次は意輔に代わる後継者の選定である。朝之には次男もいたが、意輔出奔以前に、すでに他家へ養子に出したため、親族の「伊藤文蔵」なる人物の三男を、新たに養子に迎え、家の正式後継者として「忠次郎」の名乗りを与えた。のちの七代当主・三右衛門頼親である。柴田家からの偏諱はなかったが、「忠次郎」は伊藤三右衛門家三代、柴田外記朝意の次男「伊藤忠次郎氏親」に由来する名乗りである。変わらぬ柴田家への御恩に応え、忠誠を表す、朝之の配慮であった。

忠次郎は、成長とともに、意輔とは真逆の、利発な幼子に育っていった。「お父うえの意のまま、伊藤家を未来永劫おまもりいたす所存……」。たどたどしくもあった忠次郎の言葉は、朝之を大層喜ばせた。

続いて寛政一〇年（一七九八）正月、朝之は「小姓組番頭《くみばんがしら》」の役目に就いた。藩主の傍近くに仕える小姓衆のトップ。いわば「近衛連隊長」「親衛隊長」とでもいえる役職であった。

だが……。

「ここで斃れるとは、無念の極み……皆の者、忠次郎を頼む……」

「旦那様！　旦那様！　忠次郎様は、我々はどうなってしまうのですか！」

朝之は寛政一二年（一八〇〇）五月、急な病を得て、あっけなく急逝してしまった。小姓組番頭を拝命してわずか二年と少し。先述の秋保外記氏盛のような出世を望みながら、未だ志半ば。忠次郎の養育もこれからという時に、働き盛りでこの世を去ってしまった。

伊藤三右衛門家・歴代当主の中で、最も華々しい活躍の一方、自身にとって大切な者を次々失い、跡継ぎの幼子を残し、家の将来に大きな不安の影が差す。長い黄昏の始まり……そんな予感をさせる最期であった。

晩年の朝之には、さらにもう一つ、心残りがあった。

時は遡《さかのぼ》り、寛政二年（一七九〇）のこと。

「三右衛門、長きにわたる忠勤、大儀であった。礼を申すぞ。余はこれにて隠居の身となる。以後は世子・式三郎《しきさぶろう》をよろしく頼む」

「ははっ！」

朝之が長く仕えてきた七代藩主・重村が隠居となり、八代藩主には嫡男の伊達斉村（幼名・式三郎）が就いた。朝之は、これに併せて斉村付き近習に配置換えとなり、重村の期待に沿うべく、若き藩主を支えた。しかし……。

寛政八年（一七九六）七月、その斉村が、参勤交代で江戸から仙台へ戻る途中に発病し、二十三歳の若さで急死してしまったのである。朝之は、自らの後継者で、まだ赤子であった忠次郎を、いずれは斉村の児小姓に就け、斉村には忠次郎を引き立てるよう言い含めて、昇進の道筋を……と、伊藤三右衛門家が従来から歩んできた、小姓から始まる出世への王道を忠次郎にも歩ませようと目論んでいたが、斉村の急死で、いとも簡単に目論見は崩れてしまった。

次代藩主・政千代《まさちよ》は、この時わずか生後六か月。三月《みつき》前には、生母にして斉村の正室・興姫《おきひめ》が、産後の肥立ちの悪さで亡くなっており、政千代の発育に不安を残していた。

「政千代様、大方様《おおかた》におかれましては、ご機嫌麗しゅう……」

「三右衛門、久しいのう。大殿《おおとの》への長きにわたる忠勤、大儀であった。これからは、幾久《いくひさ》しゅう政千代君を支えるよう」

「ははっ！　大方様の御心のままに！」

この年の九月、朝之が初めて「世子お目通り」……政千代に初めて謁見したという記録が残る。場所は政千代が生を受けた、江戸品川御殿山の仙台藩伊達家下屋敷（袖ヶ崎屋敷）であった。まだ赤子の政千代君、母代わりであった「大方様」こと観心院（元藩主・重村正室）に抱かれながらのお出ましである。翌月には、幕府からようやく末期養子手続が認められ、政千代＝のちの伊達周宗は、晴れて次代藩主となった。

（殿が身罷られたからには、忠次郎をいずれ、政千代君の小姓に就けたい。しかし政千代君は大層ご病弱なご様子。この先、自分の思うとおりに事が運ぶのか……）

これから仕える、何も分からぬ、ひ弱な赤子の次代藩主に頭を下げた朝之の胸中は、いかばかりであったろう。

隙間風

かくして亡き義父・朝之の跡を継ぎ、七代当主となった忠次郎頼親であったが、この時、未だ元服前の幼少な当主であった。おそらく親族か誰か、後見人がいたと思われるが、記録が残っておらず不明である。

その役目の最初は、亡き朝之の希望どおり、主君の傍近く仕える小姓であった。文化五年（一八〇八）三月、児小姓、同七年（一八一〇）五月、表小姓組、同八年（一八一一）二月、前年からの見習い登用を経て、奥小姓正式拝命と進んでいった。なお、表小姓組拝命と同時に、児小姓を象徴する前髪を落として元服し「三右衛門頼親」と名乗った。

だがこの小姓拝命中、頼親にもまた致命的な不運が襲った。

児小姓の役目に就いてから一年も経たない文化六年（一八〇九）正月、藩主の政千代改め伊達周宗が、疱瘡（天然痘）にかかり、わずか十四歳で急死してしまったのである。

仙台藩にとっては、藩主が二代続けて夭折するという、この上ない悲劇に見舞われた。そればかりではない。幼き周宗の急死など、誰も想定もしていないこと。十四歳の若齢では、末期養子の手続きすら認められず、もはや無嗣断絶は不可避……まさに仙台藩存亡の危機に見舞われ、主君の傍近くに仕える者、誰もが狼狽した。

この時、藩主不在下で藩政を指揮したのは、鮮やかな政治手腕で名を馳せ、時の将軍や幕府老中らにも一目置かれ「剃刀日向」の異名を取った、奉行・中村日向義景である。同人を中心に家中で協議の結果、末期養子が認められる年齢（十七歳）になるまで、幕府に対し周宗の死を三年間伏せることとし、その間に後継者の選定と家督相続の準備を極秘裏に進めるという、大胆な手に出た。幕府には伊達家の後見を務める若年寄・堀田正敦《ほったまさあつ》がおり、堀田は六代藩主・宗村の実子でもあったことから、一見大胆に見える偽装工作は、堀田・日向両者の秘密裏の連携により、進めることができたのである。

周宗の没年月日は、公式には「文化九年（一八一二）四月二四日」。お家取り潰しの危機は、こうした中村日向らの働きにより、何とか乗り越える見通しが立った。


周宗の死から数日後、小姓組番頭や、頼親はじめ城中の若い小姓衆が、ひそかに中村日向の下に集められた。

「皆の者、よう聞け。殿は御存命、御重篤にあらせられ、御部屋から一歩も御出にはなれぬ。以後かように心得よ」

「はてお奉行様、一体何を仰せなのですか。殿は身罷られたはずでは……」

「黙れ番頭《ばんかしら》！　よいか。以後『身罷られた』などと口にするのは断じて許さぬ。口外する者には即刻切腹申しつける！　その方らの親兄弟にも『殿は御重篤』で通すのだ」

思いもかけない命令を前に、小姓組番頭が狐につままれたかの如き表情を浮かべ、思わず声を上げたが、日向はすかさずこれを制した。小姓衆は、藩主周宗が危篤に陥って以来、混乱する城中に留め置かれ、屋敷への帰宅も、外部との連絡も、一切が禁じられていた。疱瘡感染に恐れを為しながらの周宗の看病に、とめどなく申しつけられる大量の雑事。小姓たち皆が疲労困憊の極みにあった中、日向が何を思ってこんな不可解な命令を発しているのか、その意図するところがすぐには理解できなかった。

「皆も分かるであろう。殿はまだ十四、跡継ぎもおられぬ。何が何でも御存命でなければ、我ら伊達家六十二万石は即刻お取り潰し。今この場から、皆残らず路頭に迷うのだ」

「ははっ……」

「その方ら小姓組には、これより三年の間、殿が御存命であるかの如く振舞ってもらう。いつ何時も、公儀隠密の目が光るものと心得よ。決して油断してはならぬぞ！　まず、三度の御食事は必ず殿の御部屋に運ぶのだ。下げ膳は表廊下を通らず、裏から出すように……」

日向は、周宗の死を秘匿する偽装工作を進め、小姓衆にも細かい指示を出し、偽装を徹底させた。

一方、集められた小姓衆の最後列に控えていた頼親は、まだ元服前の幼い児小姓であり、眼前でまくしたてる日向にキョトンとするばかりであった。お奉行様ともあろうお方が、殿様が身罷られたのに御存命という。生真面目で嘘が苦手な頼親故、どうにも納得がいかなかった。

「お頭《かしら》、お奉行様は何を仰せなのでしょう。身罷られたはずのお殿様が生きていらっしゃるとは……？」

「忠次郎、幼いおぬしにはまだ分からぬだろうが、武家というものは、お家のために『黒きものを白』と言わざるを得ないこともあるのだ。難しいことは考えずとも良い。儂が指図する故、言うとおりにいたせ。明日からおぬしにも、殿様のお食事を運ぶ役をしてもらう。よいな」

「はい……」

頼親は、訳も分からず、小姓組番頭の指示に従うしかなかった。こうして頼親も、誰もいない藩主の部屋に食事を運ぶ役をさせられることとなった。

さて、かくも異様な日々を迎えることになった頼親は、小姓在任中のほとんどの期間を、主君不在の下で過ごす破目に陥ってしまった。

（父上は『お前も小姓になったら、何としても殿の信頼を得るのだ。それが小姓の務めだ』と、いつも繰り返し仰せだった。殿がおられぬ今、自分はどうすればよいのだ……）

頼親は、義父・朝之が主君や姫君の厚い信頼を得て、将来の栄達につなげたことと比較すると、この間、主君との信頼関係を築き、その治世を支えるという、小姓として最も重要な役目を全く果たせず、人生の貴重な時間を丸々空費してしまった。これが頼親の「致命的不運」であった。

その後、頼親は小姓の職を離れ、武頭、給主組頭《きゅうしゅくみがしら》と、役職を歴任していった。

この小姓在任時の不運に加え、かつての柴田外記朝意の直系子孫ではない自分が当主となり、さらに最後の直系子孫であった義父・朝之が早くに故人となったことで、柴田家の後ろ盾が弱くなっていくのではないか。それが頼親にとって気がかりであった。

実際、柴田家へ年季の挨拶に赴いても、贈答の品を贈っても、当主の態度は次第につれなくなり、両家の間に隙間風が吹いてきたのを、頼親は感じ始めていた。

頼親の苦心

文政一二年（一八二九）――。

伊藤三右衛門家七代、忠次郎改め、三右衛門頼親が当主となって、三十年近くの歳月が流れた。

先代の朝之は、御城勤めや江戸番で多忙を極めており、知行地田畑の経営は、家中の者、地肝煎や百姓らに任せ切りとなり、現地視察もせず、知行地との関係は希薄となっていった。この朝之の姿勢に、百姓衆からの不満が出ていた。

頼親もまた、当初は幼少で家を継いだ上、小姓として江戸番に就くことが多く、なかなか知行地まで手が回らなかったが、小姓の職を離れて以降は、城中での栄達の道に見切りをつけ、知行地経営に精進することで、家中の安定を図る方向へ目標を転換することとした。

こうして頼親は、城勤めの合間に知行地を回り、地肝煎や百姓を励まし、時に悩みに耳を傾けつつ、人心掌握に努めた。初代・伊藤肥後信氏の頃のような、城下と知行地双方に屋敷を構え、知行主自ら耕作にも勤しむ「半農・半武士」の時代ではなくなり、知行主は城下の屋敷に定住するのが当たり前になっていたが、それでも頼親は、でき得る限り百姓たちに寄り添おうとした。

「うちのご当主様、三右衛門様は徳のある、お優しいお方じゃ。頼りになるのぉ」

「そうじゃなぁ。先代様は、殿様の方ばかり向いていて、儂ら百姓衆は放ったらかしじゃった。しかし今の三右衛門様は、ちゃんと儂らに向き合って下さる……」

こうした努力の甲斐あってか、天変地異や社会不安が渦巻く世相にあっても、幸いにして知行地で百姓一揆や騒擾などは発生せず、頼親の「徳」を讃える地肝煎や百姓もいた。

もっとも、五百五十石、全ての知行地への目配りが均等には行き渡らなかった。この当時、知行地が各地に細切れに分散している「散《ち》り懸《かか》り」という状況になり、田畑の管理と人心把握に苦心する領主・知行主が多かったのである。伊藤三右衛門家とて、例外ではなかった。

ほかにも、頼親には大きな悩みがあった。頼みの綱である知行地からの年貢収入が、どうも安定しない。年貢は「定免法《じょうめんほう》」で毎年一定量が納められるはずだが、このところの米相場の変動に悩まされ、換金すると米価の激しい上下に振り回されたのである。うち続く飢饉、天候不順や天変地異により、米の収穫そのものが心許ないことも、なかなか解消しない課題であった。

一方、相続した北目町屋敷の維持営繕には多額の費用が掛かり、また、朝之の代以降、大人数に膨れ上がった家僕や女中たちの生活を、保障し続けなければならない。義父から引き継いだ全てを、完璧に守り抜かねば……頼親の心理に、大きな重荷が掛かってきた。

御用馬売払

文政一三年（一八三〇）の正月――。

常日頃、地肝煎や百姓衆から、様々な相談を持ち掛けられる三右衛門頼親であるが、知行地の一つ、志田郡宮内村から、これまでになかった「極秘の相談」を持ち掛けてきた者がいた。

「鶴島《つるしま》八幡宮　禰宜《ねぎ》　山口周防守」なる者の紹介状を持って現れたその人物曰く、近隣の村で、殿様の御用馬の飼育を手掛けてきた百姓や博労《ばくろう》（馬喰＝馬の飼育を専業とする者）らが、十分な報酬を得ていないことで生活が困窮したため、御用馬候補に漏れた駄馬、しかし市場的にはそこそこ「良馬」として十分売れる馬を数十頭ほど、できるだけ高値で売却し、売却益を生活費に充てたいという。

仙台藩では、馬は米に次ぐ名産品として名高く、「仙台馬」は一流馬の証とされた。この時代、隣の南部藩「南部馬」と並ぶ、いわゆる「ブランド品」の扱いであり、馬市では高値で取引された。

特にこの時期、先述の「剃刀日向」こと奉行・中村日向義景が、南部藩から買い付けたペルシャ系の馬「波斯馬《はるしゃうま》」を種牡馬として導入したことをきっかけに、馬体の大きな良馬が量産されるようになると、市場の人気が沸騰したという。

仙台藩では主に、馬の売買は仙台城下・国分町の馬市を通じて行われ、まもなく三月には年二回の馬市のうち「春の馬市」が五十日間開催される予定になっていた。のちの記録であるが、この文政一三年春の馬市は、開設以来最多の二千六百三十八頭の馬が売買され、大いに賑わったと伝わる。

しかし、この馬市では、馬を買い付けに来る藩の役人の目があり「これは殿様の御用馬ではないか」と無用な咎めを受ける恐れがあるため、国分町馬市は避け、尿前《しとまえ》の関から一旦、出羽新庄藩領内に馬を出し、そこから山形、米沢と仙台藩領を避けて江戸まで廻送し、浅草の馬市へ上場する。仙台で馬を売るよりも、さらに高値で売れるという説明もあった。

尿前の関にあった、人荷の出入りを監視する「御番所」を通過するには、常駐している横目役人の厳しい詮議を通らねばならない。そのための書類の作成などで手伝ってもらえれば、頼親にも相当額の報酬を送るという。

「周防様の御紹介で、給主組頭・伊藤三右衛門様なら何とかして下さるだろうと、罷り越しました」「伊藤様のお墨付きさえあれば、御番所を簡単に通れます。百姓博労どもをお救い下さい。ぜひお力を……」

依頼人は深々と頭を下げ、協力を乞うてきた。

頼親は悩みに悩み、手伝いを承諾した。山口周防守……一応、神官として名が通っている人物。頼親も知らぬ人物ではない。神官が馬絡みの案件で紹介状を書いてきたのは、祭礼時に御神体を運ぶ「御神馬《ごじんめ》」の調達・飼育や、流鏑馬などの神事で、神社と馬、神官と博労は関係が深いため、さほど不自然なことではなかった。

しかし……。

（高く馬が売れるとはいえ、なぜ仙台ではなく、わざわざ江戸馬市なのか腑に落ちぬ。それに、宮内村の近くには、同じ志田郡の良馬が集まる「松山馬市」だってある。松山も、もうすぐ四月に市が立つではないか。やることがどうもおかしい……）

依頼人らの動きには、そんな訝《いぶか》しさが拭えなかった。

とはいえ、売払う馬が、御用馬に選ばれていないとあれば、咎を受けることはあるまい。父上から継いだ屋敷の維持にも金が要る。何よりも、知行地の者であるか否かを問わず、百姓博労が困窮しているのを、放ってはおけない。

それから数月後の、五月二六日――。

町奉行・男澤権太夫と、その与力同心を名乗る者が、突然、北目町屋敷に押し掛けてきた。

「上意！　これより殿様御用馬売払いの儀につき、吟味いたす。神妙にいたせ！」

「上意とは何事ぞ。町奉行、無礼なり！　柴田家縁戚・伊藤三右衛門の屋敷と知っての狼藉か！」

「問答無用！　上意であるぞ！　そこに直らぬかっ！」

家人らが抵抗したが、与力同心の憤激を買うのみで、在宅だった頼親と、嫡男の八郎頼長は取り押さえられ、揃って座敷に座らされた。「於宅詮議」すなわち在宅での取り調べが始まった。

「町奉行・男澤権太夫である。伊藤三右衛門頼親、その方、殿様御用馬を断りなく江戸へ廻し、売払いし儀、これに相違ないか」

「御用馬とは与り知らぬ。博労どもから、御用馬から漏れた『駄馬』を江戸で売りたしと申し出あり、手伝うたまでのこと」

「黙らっしゃい！　その方らが売払いし馬十頭、すでに御用馬に選ばれ、殿様の御上覧を待っておったのだ。まもなく御上覧の日というのに、馬が一頭残らず消えた。御城では大騒ぎになっておるわ！」

「何い……」

（騙された……）

頼親は、背中に冷汗が伝うのを感じていた。

御用馬飼育の「割の合わなさ」に不満を爆発させていた百姓や博労だったが、少しでも多く金子を手にしたいと欲をかき、頼親を騙し、駄馬と偽って最高の良馬ばかりを大量に持ち出し、江戸で売りさばいていたのだ。その中には、領外に持ち出される前に御用馬に選定された馬が十頭、含まれていた。それればかりかこの御用馬は、暮れの一〇月に仙台藩から幕府に献上され、将軍台覧に供される候補の馬でもあったことから、騒ぎがさらに大きくなっていた。

生真面目かつ温厚で、日頃から百姓衆から何かと頼りにされてきた頼親が、まさかこのような裏切りを受けるとは……頼親自身、夢にも思わなかった。

「給主組頭・伊藤三右衛門頼親、殿様御用馬の無断売払いに加担したる段、不届き千万。追って沙汰あるまで御城登城を差し止め、蟄居申しつける」

「伊藤三右衛門頼親が嫡男、八郎頼長、その方も閉門百日申しつける。以上！」

男澤権太夫は、あらかじめ用意していた沙汰書を読み上げ、屋敷をあとにした。吟味以前に、すでに関係各所への探索を終え、結論が出ていたのだ。

（無体な……これが町奉行・男澤権太夫の吟味か。杜撰《ずさん》極まりなし。片腹痛いわ）

頼親は臍《ほぞ》を噛んだ。

事件の吟味は正確無比と、伊達家中でも評判の高い男澤権太夫だが、百姓や博労らが頼親を騙していたことまでは、見抜けなかったようだ。しかし、今となっては、もはや何の弁解も抵抗もできなかった。

「父上……わたくしには一体、何が何だか分かりませせぬ。何故、町奉行の詮議を受けねばならぬのですか！　何故閉門蟄居なのですか、父上！」

町奉行らが去っていったあと、何一つ事情を知らなかった八郎頼長は狼狽し、父に迫った。

「百姓博労どもに騙されたのだ……」

重い口を開きながら、頼親は事の次第を全て、頼長に話した。事情を聞いた頼長は、もはや放心状態で、何も言うことはできなかった。

家の当主たる頼親の判断で、全てのことが運んだ結果であり、嫡男たる頼長には、仮に事前に知ったとて、止めることは難しかった。それよりも、百姓どもから徳を讃えられていたはずの父がなぜ、かくも理不尽な仕打ちを受けねばならぬのか……頼長には、やり場のない怒りと悔しさだけが残った。

頼長はまだ若く、嫡男として家の将来を担うべく、頼親の言いつけに従って、学問や武芸に励む日々を送っていた。また将来の家督相続を見据え、すでに頼親から知行地八十六石分の分知を受け、田畑経営にも乗り出していた。

しかし、頼親の蟄居、自身の閉門……青天の霹靂だった。今までの努力は全て水泡に帰し、未来は閉ざされようとしていた。

頼親は、家僕や女中ら、在宅の使用人を集め、蔵の中からあるだけの金子を集めて与え、ほとんど全員に暇を出すこととした。また次の沙汰に備え、連座の累を少しでも避けるため、頼親の妻と、頼長以外の子を離縁させ、母子ともに実家に帰すことにした。

屋敷や知行地で働いていた足軽格の武士については、可能な限り伝手を頼り、他家に仕官できるようにもしたが、これまで五百五十石の広大な知行地で多くの者が働いており、家中から人が減っていく中、人や田畑の管理、なかなか全てに気配りが行き渡らなかった。

その後は、閉門蟄居の慣例に沿って、頼親父子は屋敷の門を固く閉じ、奥の部屋でじっと毎日を過ごすこととなった。

北目町屋敷は、潮が引くように誰もいなくなっていった。

やがて、数か月の時が過ぎ、頼長に対する閉門百日の期限もとうに過ぎたが、蟄居中の頼親には何の沙汰もないまま、ついには年を越した。その結果、頼親父子しかいない広大な屋敷は、徐々に腐朽荒廃し、冬の寒空の下、時折隙間風が音を立てる以外は、不気味な静けさを見せていた。

「もはや儂は切腹か……百姓どもに騙されたのが、一生の不覚、一生の恥辱だったが……もはや沙汰を待つまでもなく、腹を切って果てるべきか……」

「父上、お腹を召されるなら、わたくしもお供仕ります。しかし、誰の介錯もなくここでお腹を召されるのは、野垂れ死にも同然。今しばらくご辛抱を……」

月代《さかやき》を剃ることもなく、髪も髭も伸びるに任せていた親子は、極限の精神状態まで追い詰められていた。

零落

天保二年（一八三一）の春、男澤権太夫を通じて、ようやく新たな沙汰書が屋敷に届いた。

――伊藤三右衛門頼親、先の御用馬売払い加担の儀、不届きなれど、百姓博労どもによる詐害に鑑み、罪一等を減じ、知行没収に処し、永蟄居申しつける。捨扶持五俵一人扶持を与ふ。

――伊藤八郎頼長、この儀に関《かか》はりなく、御構いなしとする。知行八貫六百文（八十六石）は安堵す。

男澤権太夫らによる追加の吟味で、頼親が偽計被害に遭ったことが認められた。切腹等の苛烈な処断は免れ、かろうじて頼親の名誉は守られた。また頼長は連座を免れ、晴れて無罪が認められた。

ただ、結果として藩の御用馬、しかも幕府に献上される予定もあった馬を無断で売払う行為に加担したことは、藩主の面子《めんつ》を著しく潰す行為であり、その罪を逃れることはできなかった。

罪一等の軽減に至ったきっかけは、もう一人の町奉行、山崎源太左衛門の進言だった。

――生真面目で実直な伊藤三右衛門が、故意に御用馬を売払うとは不自然だ。もしや何者かに騙されているのではないか。この事件には何か裏がある……。

源太左衛門は、当初はこの事件の探索に関与していなかったが、伊藤三右衛門が於宅詮議を受けて処分されたと聞き及び、同役の男澤権太夫に再吟味を勧めたのである。

源太左衛門は武芸に秀で、自ら編み出した捕縄術の流派「大征流」家元を号し、城下に道場を構え、門弟を多数抱えていた。八郎頼長もまた、通っていた私塾の勧めと紹介で、道場に出入りし稽古に励んでいたことから、源太左衛門は、人伝に頼長の父・三右衛門頼親の人となりについて聞いていた。

正確無比な吟味を自他ともに認める男澤権太夫も、手抜かりは断じて避けたいと、源太左衛門の進言に同意した。

当初、少数の百姓や博労による犯行と見られたこの事件は、この再吟味をきっかけとして、名の通った士分や、頼親に紹介状を寄越してきた「山口周防守」ら複数の神官までもが、馬の売却益ほしさに共謀していたことが明るみに出た。下手人らは次々と捕縛され、一大「横領疑獄事件」の様相を呈してきた。頼親親子への処断が年を越したのは、男澤権太夫だけの手に負えず、山崎源太左衛門の同心も探索や吟味に加わり、全容の解明まで多くの時間と手間を要したからであった。

昭和初期に出版された紳士録『仙台人名大辞書』において、男澤権太夫がこのように紹介されており、担当した本事件に関する記述と思《おぼ》しき箇所も見受けられる。

——（町奉行）在職一二年、恪勤周密《かっきんしゅうみつ》未だ嘗《かつ》て過誤あらず、偶々年饉荒《きんこう》に際し獄訴荐《ごくそしき》りに興り、又疑獄の年を経て決せざるものあり。同僚を督励し、剖判流《ほうばんなが》るるが如く……。

最終的には捕縛者数、数十人にも膨れ上がり、天保二年（一八三一）の春頃まで探索は続いた。下手人らは、次々揚屋《あがりや》や牢に送られ、評定所で処断の上、七北田《ななきた》の刑場で打首獄門に処せられているという。

しかし、これで伊藤三右衛門家はほぼ「お家取り潰し」同然となってしまった。

初代肥後信氏から数えて七代、二百三十年余。歴代が様々な苦節を重ねて家を築き、多くの良縁に支えられて隆盛を誇った伊藤三右衛門家の最期は、たった一つの躓きで、燃え盛る炎にあっという間に焼き尽くされるが如く、また灰の如く消し飛んでしまう、実に呆気ないものであった。

一方、これら事態の推移に際し、長く伊藤三右衛門家の縁戚にして、守護者となってきた柴田家はどうしたか。

「申し上げます。たった今、御城より報せあり、給主組頭・伊藤三右衛門殿の屋敷に町奉行の探索が入った由。殿様の御用馬を江戸で売払った廉《かど》で、三右衛門殿が蟄居謹慎を申しつけられた由にございます」

「何……」

「旦那様、まずは町奉行の役宅に人を遣わし、事の次第をお確かめになっては」

「う〜む……いや、待て」

「は?」

家僕の報せを前に、時の当主・柴田外記朋親《ともちか》はしばし黙考し、重い口を開いた。

「先日、勘定方の石和田大膳《いしわだだいぜん》殿から、殿様御用馬が十頭も盗まれ、江戸で売払われているという話を聞いた。百姓博労どもの横領に止まらず、複数の武家や神官が絡んでいるらしい。何たる愚かな所業、不忠の極み、殿様のお顔に泥を塗るが如き仕儀。一大事になりそうじゃ」

「そもそも御用馬のことなど、当家は与り知らぬこと。下手に町奉行に人を遣わし、痛くもない腹を探られとうはない。残念だが、もはや当家のみで片付く話ではない」

「されど旦那様、伊藤三右衛門家は当家係累、末代まで大事にせよとは、七代前のご当主、江戸で斃《たお》れた朝意公《ともともとこう》以来の御遺訓では」

「伊藤三右衛門、先代当主（朝之）を最後に、当家との血縁はもうない。その先代の放蕩息子の出奔の時にも、当家は探索に相当な手間をかけた挙句、何も得るものはなかったと聞く。まずは当家の安泰が第一。ご先祖には申し訳が立たぬが、もはや三右衛門は見限るしかなかろう。この儀、儂の肚《はら》に止《とど》め置く。誰にも口外してはならぬ」

「かしこまりました……」

揚屋　侍身分の者を収容する牢獄。仙台では、現在の仙台市青葉区片平にあった。
七北田の刑場　仙台藩の刑場は、当初仙台城下にあったが、近隣住民が嫌悪したことから、元禄三年（一六九〇）、城下町から遠く離れた宮城郡七北田村（現在の仙台市泉区七北田）に移され、明治初年まで使用された。

ついに柴田家は一つとして、伊藤三右衛門家に救援の手を差し伸べることはなく、これを機に、やがて両家の縁は、完全に途絶えてしまった。

閑職

天保二年（一八三一）――。

父が罪を問われた事件への連座を免れ、無罪となった伊藤八郎頼長は、すでに父から分知されていた八十六石の知行地を、そのまま引き継ぐことができた。また、それまで無役であったところ、御城勤めの最も下の役職、大番組士に任ぜられ、勤務地である仙台城二の丸への参勤が始まった。

だが、頼長の武家家格は、「平士」から一段下の「組士《くみし》」に落とされてしまった。「卒《そつ》」「凡下《ぼんげ》」と呼ばれる最下層の足軽よりは上だが、組頭などの役職には就けず、生涯を下働きで終える身分に固定される。これで、出世の道は完全に閉ざされてしまった。

今まで伊藤三右衛門家が有していた五百五十石の知行地は、父・頼親の持ち分をことごとく没収された。頼親が懸命に守ってきた北目町屋敷もまた、没収となってしまった。

頼長は、残った家財や書画骨董を「もはや無用の長物」として、全て手放した。当座の生活費用に換えられるものは皆売払い、永蟄居により事実上の隠居となった父とともに、仙台城下、元寺小路《もとでらこうじ》にある狭い武家長屋に引っ越した。

その長屋に、ほどなく文が届いた。

「結納の儀、甚だ不都合につき、破談にいたし度く候……」

頼長の婚約者だった女の、実家の父からであった。一連の処分が伝わったことで、縁談はあえなく破談となり、婚約者は二度と姿を現さなかった。

五百五十石取りの大身の家の跡取りの嫁として、実家から大きな期待を寄せられ、嫁いでこようとしていた女である。頼長が罪を問われなかったとはいえ、知行はわずか、しかも倹しい長屋暮らしに零落したとあっては、頼長の元へ戻ってくる理由など、何一つなかった。

だからといって、頼長は新たに妻を娶る気にも、全くなれなかった。

わずかに残った知行地からの年貢は現金に換えられ、定期的に届けられるが、知行地を管理

元寺小路　現在の仙台市青葉区本町、中央、花京院、宮城野区元寺小路にあたる。中・下級武士の小規模な屋敷や借家、職人長屋などがあった。

する地肝煎たちとの縁は、遠くなっていく一方だった。

大番組士は、一応は城への参勤が義務付けられていたが、登城したところで、頼長には何の仕事も与えられなかった。城と長屋の間をただ往復する、退屈な日々……。

「そこの新入り、名は何と申すか」

「伊藤八郎頼長と申します」

「初めて聞くのお」

「はっ。祖父はかつて、殿様の傍近くにお仕えさせていただき、近習目付や小姓組番頭を務めました伊藤三右衛門朝之と申します」

「知らぬなぁ……」

「昔のことにはなりますが、祖父は殿様や姫様の御寵愛を受け、城中や江戸屋敷での評判も頗《すこぶ》る高かったと伺っておりますが……」

「知らぬと言ったら、知らぬ」

さすがに、罪人である父の名を出すことは憚《はばか》られた。かつて評判の高かった祖父・三右衛門朝之の名を出し、朝之の孫であることを話してはみたが、誰からも反応はなかった。朝之が没してからすでに三十年余、時代はすっかり移り変わり、城中で朝之を知る者は、もはや誰もいなかったのである。

蟄居中の頼親は、まもなく病を得て失意のうちにこの世を去り、長屋には頼長一人が残された。

やがて幕末の激しい荒波が、仙台藩にも容赦なく襲い掛かる。そんな時代が訪れようとしていた。

急な命《めい》

「八郎、急な命だが、明日、白石へ発《た》ってくれぬか」

「白石？　お頭、一体何用でございますか」

「うむ、白石城の警守《けいしゅ》が手薄で、武芸に秀でた者を大番組《おおばんぐみ》、給主組《きゅうしゅぐみ》、名掛組《なかけぐみ》、各組から何人ずつか出せとの、上からのお達しなのだ。城主の片倉小十郎様も仙台の足軽組も、戦支度でこれ以上出せる人手がおらぬ。八郎も武芸の心得があろう。確か……」

「若い時分、亡き山崎先生の捕縄術道場に通っておりましたが」

「おお！　白石では捕縄術の心得がある者がほしいそうだ。ちょうど良い。そなたは適任じゃ」

「はあ……」

慶応四年（一八六八）閏《うるう》四月の或る日、仙台城二の丸に詰めていた大番組士・伊藤八郎頼長は、上役の組頭・別所孫左衛門から不意に呼び止められた。

前年の一〇月、将軍・徳川慶喜が「大政奉還」を宣言。朝廷に征夷大将軍職を返上し、国中に大きな衝撃をもたらした。続いて暮れの一二月には「王政復古の大号令」により、幕府に代わる新政府樹立が宣言された。これから天下は一体どうなるのか。仙台藩では重臣たちが大いに動揺し、有事に備えた戦支度を始めていた。とはいえ、閑職の冷や飯食いである頼長には、今のところ大した影響はない。

（捕縄術の心得、城の警守で何故入用なのだ？　気は進まぬが、どうせ儂は独り身。暇潰しと思って行くとするか）

頼長はどの道、城にいても何の仕事もない。急な命を訝しみながらも、難しいことを考えるのは避け、一人、白石へ向かった。

頼長が捕縄術道場に通っていたのは、はるか昔、十代の頃である。当時の町奉行、山崎源太左衛門が「大征流」家元を号して道場を開設しており、縁あって頼長もこの道場に通っていた。

しかし皮肉なことに、その源太左衛門が町奉行として、亡き頼長の父が罪を問われた事件の吟味を担当したことから、道場とはすっかり疎遠になった。源太左衛門も、町奉行から蝦夷の国後島《くなしり》警護役に転じた後、しばらく前にこの世を去っている。

「白石城に着いたら、大槻定之進《おおつきさだのしん》殿を尋ねよ」

頼長は、別所孫左衛門からそう命じられていた。大槻定之進、白石城で何の役目に就いているかは分からないが、頼長が持つ知行地のある仙台郊外の村に、同じく知行地田畑と在郷屋敷を有しており、頼長も知らぬ人物ではなかった。

「御城大番組・伊藤八郎頼長でございます。命により白石城警守役仰せつかり、馳せ参じました」

「八郎殿か、久しいのう。息災でござるか」

「ははっ」

「着いて早々相済まぬが、明日から早速仕事にかかってもらう。捕物《とりもの》だ。儂らとともに福島へ向かってもらいたい。城下の旅籠にお尋ね者が二人投宿しておる。奴らを生け捕りにするのだ」

「城の警守ではないのですか。何故福島藩領の捕物など？」

「いや、詳しくは言えぬが、我らが殿（藩主・伊達慶邦《よしくに》）直々の命による捕物なのだ。福島藩主の板倉甲斐守様も承知しておられる。八郎殿は捕縄術の心得があるそうじゃな。人手をかき集めたが、生憎《あいにく》、縄の使い手が足らぬ。くれぐれも頼む」

「はあ……」

城の警守と聞いて、暇潰しのつもりだった頼長だったが、大槻定之進の命は、全く違っていた。定之進はどうも何かを隠している。頼長は首をかしげるしかなかった。

世良修蔵

その頃、福島城下の旅籠「金澤屋《かなざわや》」にて――。

「何じゃ、奥羽の腰抜けどもが！　彼奴等《きゃつら》など恐るるに足らず！」

「そうじゃ、そうじゃ！」

「但木《ただき》土佐、何が国家老じゃ。二言目には『戦は避けたい。会津松平家を救いたい』じゃと。臆病にもほどがあろうぞ！　あれでも侍か！」

「松平肥後、あのひょろひょろ青瓢箪《あおびょうたん》め！　儂ら長州の手で捻《ひね》り潰してくれようぞ！」

「おい女！　酒はまだか！　早う持ってこい！」

見るからに横暴極まりない、二人の侍が酒をあおり、飯盛女を抱きながら気炎を上げている。

侍たちは長州藩士で、名を世良修蔵《せらしゅうぞう》、勝見善太郎《かつみぜんたろう》という。

世良修蔵は、この三月、新政府が「朝敵」と名指しした会津藩を討伐すべく派遣してきた「奥羽鎮撫総督府《おううちんぶそうとくふ》」下参謀《しもさんぼう》の一人として、総督の九条道孝以下、「錦の御旗」を立てた薩摩・長州藩士ら約三百人の手勢とともに、仙台に乗り込んできた。

彼らは早速、仙台藩主・伊達慶邦や奉行（国家老）・但木土佐らを前に、会津討伐に加勢するよう説得にかかったが、仙台藩側は「戦は断じて避けたい」と、強硬に反対した。

「松平肥後様（会津藩主・松平容保）は京都守護職拝命のみぎり、先帝《さきのみかど》（孝明天皇）が殊更に

但木土佐　但木成行（一八一七～六九）仙台藩奉行。藩内では佐幕派に属し、会津藩救済等を主導。戊辰戦争では反逆の責を新政府に問われ、斬首される。

御信頼を寄せられていたではないか。旧幕方《きゅうばくがた》とはいえ、勤王の志は同じ。断じて朝敵ではございませぬ」

「我々仙台藩は、蝦夷地警守を通じて、常々露西亜国《ろしあこく》の圧迫を目のあたりにしてきた。海防のためにも、いま戦に明け暮れている場合ではない。会津藩は我々奥羽諸藩が、恭順するよう説得する」

至極もっともな理由だが、説得の先頭に立つ世良は一歩も引かない。

「藩公以下揃いも揃って、伊達侍は腰抜けばかりか！　主上《おかみ》（明治天皇）の思し召しを何と心得る！」

「御託を並べるな！　今すぐ会津を討たぬか！」

身分を弁《わきま》えず、ついには藩主・伊達慶邦をも面罵《めんば》する始末であった。

世良修蔵は元々、百姓家の出であり侍ではない。長州藩内で、身分の貴賤を問わず人材を集めた「奇兵隊」に加わったことをきっかけに、士分となった。そんな成り上がり者故、功を焦り、また権威や権力を笠に着る「虎の威を借る狐」の悪癖が出てしまった。

「あの百姓あがりの小童《こわっぱ》め、無礼千万！　主上の威光を笠に着て、何たる横暴、許せぬ！」

「断じて世良を討つべし！」

世良如き小者に、主君の面子までも潰された。仙台藩家臣の間に、世良憎しの感情が激しく沸騰した。

会津藩も会津藩で、長州藩との積年の確執で、新政府への不信感が根強く、使者を送っても「長州に頭は下げられぬ」と返答するばかり。恭順の説得は不調に終わった。「ならぬことはならぬ」……頑固な会津武士気質が仇となってしまった。


さて、伊達慶邦が下した命とは、世良修蔵らを捕らえ、処断することであったが、実際には、大槻定之進の上役である仙台藩軍監・瀬上主膳《せのうえしゅぜん》が計画し、但木土佐の承認を受けたものである。世良らは、会津征討の準備のため、仙台から福島入りしていたが、滞在中に同役の総督府下参謀・大山格之助（薩摩藩士）に宛てた密書が、福島藩を通じ、仙台藩の知れるところとなった。

「奥羽皆敵と見て、逆撃《ぎゃくげき》之大策の至度《したく》候に付……」

その内容は、過激極まりないものだった。東北諸藩を新政府の敵とし、京や江戸から大軍を送って征討、その準備を始めるのだという。諸藩もろとも朝敵と見做《みな》される恐れがある。増長する世良をこれ以上、放っておくことはできない。仙台藩の危機感は頂点に達した。

ただ一度の「見せ場」

閏四月一九日――。

先に福島入りしていた瀬上主膳の元に、大槻定之進ら捕縛部隊が集結。福島藩士も加わり、部隊は総勢二十五名となった。

定之進に付き従い、伊藤八郎頼長もこれに加わった。

頼長が知る人物は定之進のみ。ほかに、瀬上主膳と、定之進とともに白石から福島入りした「姉歯武之進《あねはたけのしん》」を名乗る仙台藩士以外、氏素性はよく分からない。福島藩士らしき者の中には、無宿人・博徒の如き怪しい者どももいる。町奉行配下の目明しと、その子分たちのようだ。定之進から「儂が指図するので心配無用」と言われていたが。頼長は不安で仕方がない。

日付は変わり、翌朝寅の刻――。

空が白み出した頃、捕縛部隊は、金澤屋を一斉に包囲した。

「天誅!」

世良修蔵・勝見善太郎が眠る二階の部屋に、大勢の男たちがなだれを打つように押し入った。二人とも丸腰で、刀や拳銃を取る間もなく、一人は部屋の中で取り押さえられた。

「うおおおお！」

もう一人の男が、二階の窓の障子を突き破って飛び降りてきた。地面への着地は上手くいかず、もんどりうって倒れた。その眼前に、待機していた頼長がいた。頼長は何も言わず、とっさに男を組み伏せ、あっという間に後ろ手に縄を掛けた。

「たたたた、助けてくれ〜！」

男は素っ頓狂な声で叫んだが、時すでに遅し。固く縛られた縄は、男の躰をがっちり固定し、身動きが取れなくなった。

「世良修蔵、召し捕ったり！」

傍らにいた大槻定之進が声を上げ、捕物劇は終わった。この男こそが世良修蔵であった。仙台藩主を前に、無礼な物言いで啖呵を切った威勢の良さはもうなく、ただ命乞いをする醜い姿を晒すのみであった。

「でかした、八郎殿。さすがは大征流門弟だな」

「いやいや、それがしも信じられませぬ。捕縄術なども随分と長いこと……しかし、躰は覚えているものですな」

「ははは、お見事。これは礼じゃ。取っておけ」

大槻定之進は、素早く小判数枚を頼長の袖にねじ込んだ。

「下手人の処断は我らが役目。八郎殿、今すぐ立ち去られよ。以後この事、口外せぬよう。上役には『白石城の警守』で通すのだ」

「かしこまりました。では御免！」

藩主の命とはいえ、表にしてはならぬ事情があるのだろう。頼長は全てを悟り、この場を立ち去った。自ら捕えた「お尋ね者」の素性も、敢えて聞くことはしなかった。

この捕物劇は、頼長の人生ただ一度の「見せ場」のはずだった。だが、定之進から渡された小判以外、何の恩賞もなく、頼長は再び、黙って冷や飯食いの日々に戻っていった。仙台藩の記録にも、捕縛部隊に「伊藤八郎頼長」の名は一切見当たらない。


世良修蔵・勝見善太郎はこの直後、福島郊外、阿武隈川の河畔に引きずり出され、その場で斬首された。この事件をきっかけに、世にいう「戊辰戦争」が東北・北越へと飛び火し、薩長新政府との対立を深めていた仙台藩はじめ諸藩は「奥羽越列藩同盟」を結成。会津藩救済、薩長との全面対決へと進んでいくこととなる。

主従崩壊

明治二年（一八六九）――。

この年、陸奥の夏はいつになく冷涼で、日照に乏しく天候は雨がち。海からの冷たく湿った風「山背《やませ》」が、絶えず田畑を襲い続けた。

この結果、秋には米が大凶作となり、市中の米価は暴騰。暮れの一二月には、仙台城下・南鍛治町《みなみかじまち》の「泰心院《たいしんいん》」と、北六番丁東照宮門前の「清浄光院萬日堂《しょうじょうこういんまんにちどう》」の二寺院で、粥を振舞う「御救小屋《おすくいごや》」が開設され、食うや食わずの窮乏者がのべ二千人も殺到したという。

前年の戊辰戦争は、官軍＝薩長新政府軍の勝利、奥羽越列藩同盟の敗北に終わる。仙台藩は新政府から責を問われ、所領六十二万石が二十八万石へ大幅減封という処分を受けた。この仙台城下、禄を失った武士があふれ、町方は食料の確保に、百姓は米の収穫に四苦八苦し、人心は荒廃していく一方だった。

そんな折、伊藤八郎頼長の住む長屋に、来客があった。

「八郎さん、年貢は今年限りになるよ。長い間お世話になりました」

頼長の知行地で、最後に残ったうちの一箇所、宮城郡新牧村《あらまきむら》知行地を管理する地肝煎、伊藤平左衛門である。平左衛門はただ一言、冷たく告げて帰っていこうとしていた。

この年、全国で実施された「版籍奉還」を機に、仙台藩は地方知行制を廃止し、家禄制へ移行した。これにより、頼長は仙台藩主改め仙台藩知事から、現金で俸禄を支給されることになり、知行地にまつわる諸制度は消滅した。地肝煎らが頼長に年貢を納める義務がなくなり、年貢は全て藩に集められるようになったのだ。

頼長は、かつては地肝煎たちから「若様」「八郎様」とうやうやしく呼ばれていたが、この時点で、主従関係は完全に崩壊していた。

長屋前の路地に木枯らしが吹き荒れる中、頼長は、黙って平左衛門の後姿を見送るしかなかった。

平左衛門は、伊藤三右衛門家六代当主・朝之の分家筋である。寛政六年（一七九四）、朝之が論功行賞で知行五十石を加増された際、新たな知行地の一つとなった新牧村の田畑（二十八石）に、朝之の義弟にあたる平左衛門の祖父が派遣されたことが、家の始まりである。

この時、新牧村は、数年にもわたる大凶作に見舞われた「天明の大飢饉」が尾を引き、村中が困窮の極みにあり、村内の「安徳寺《あんとくじ》」に至っては、住持・勤行僧ら寺の全員が餓死し、のち四十年にわたり廃寺状態で放置される有り様であった。そうした中、平左衛門の祖父は、当主である義兄・朝之が城勤めに没頭して知行地経営を丸投げする中、荒れるに任されていた田畑を苦心して開拓し、経済基盤を固めていった。

さて、その平左衛門であるが、隠居の父・巳之松《みのまつ》から、かつて本家の伊藤三右衛門家が巻き込まれた「横領疑獄事件」の累が我が家に及び、大変な目に遭ったと聞かされていた。巳之松曰く……。

——代官所の役人が押し掛け、横領した殿様の御用馬を厩に隠し持っていないか探索され、母屋も荒らされた。

——近隣に在郷屋敷と知行地を持つ藩の勘定方・石和田家の手の者が、しばらく我が家を露骨に見張っていた。

——これら不穏な空気を察知した、村の蔵入地肝煎・源右衛門《げんえもん》から「しばらく伊藤様とのお付き合いは、差し控えさせていただきます」とまで告げられた。やがて、源右衛門管理下の百姓衆からも避けられるようになった。

「あの時は、村八分が怖かった。針の筵《むしろ》に座らせられる心持ちだった」「本家は何もしてくれなかった。ひどいじゃないか」

巳之松はそう語っていた。もちろんその間、「本家」の三右衛門頼親・頼長父子は、閉門蟄居で身動きが取れず、問題解決に動ける状況ではなかったが、巳之松はそれでも不満たらたらであった。

この事件による伊藤三右衛門家減封処分ののちも、巳之松が地肝煎として管理する新牧村知行地は、事件前に頼長に分知されていたため、本家の旧・伊藤三右衛門家と、引き続き付き合いを続ける格好となった。

しかし巳之松は、こんな痛い目に遭うなら、本家といえどもさっさと縁を切りたい。父が苦心して開拓した今の土地に、引き続き住み続けられるなら、いっそのこと、殿様の蔵入地になってくれないものか、とさえ思っていたようだ。

知行地では徳を讃えられていたという先の当主・三右衛門頼親だったが、巳之松の新牧村知行地では、この一件ですっかり疎まれてしまったのである。

新牧村には、村独特の相互扶助組織「契約講《けいやくこう》」があった。知行地・蔵入地を問わず、村のほぼ全ての百姓家が村落ごとに組織しているもので、少額の金銭・肥料の貸し借りや、農繁期の田植え・収穫の手伝いに至るまで、家同士であらゆる助け合いを行う制度である。もし一度でも村八分となり、契約講を追われる破目に陥れば、家の存続すら危ぶまれる。厄介ごとを起こした親類との血縁よりも、村社会での孤立回避のほうが、巳之松にとっては余程大事なことであった。

ところで、版籍奉還の時点で、頼長の仙台藩士としての俸禄は、十二石相当と決められた。かつての知行八十六石からの大幅な減俸である。

これは、版籍奉還による制度改正に加え、新政府による仙台藩減封処分の影響があった。頼長知行地の多くもまた、新政府に没収され、残りも、地肝煎に管理を全て任せていた土地は「百姓所有地」と裁定された。これらを差し引き、俸禄算定基準として残ったのは、頼長自らの管理下と認められた、わずか十二石の田畑のみであった。

これに対して、伊藤平左衛門が有するは、頼長の元知行地二十八石の田畑。明治六年（一八七三）の地租改正を経て、所有権が正式に移転し、平左衛門一族が丸々取得に至った。経済規模でもいわば「主従逆転」である。

幾ら親類とはいえ、平左衛門からすれば、主従関係ではなくなり、父の代でのギクシャクがあり、大した仕事もなく禄を食むだけの頼長と付き合う意義が、もはや見出せなかった。

カネならぬ、年貢の切れ目が縁の切れ目。頼長と平左衛門、こののち、もう二度と顔を合わせることはなかった。

時代は下り、明治一五年（一八八二）一月、新牧村で大火があり、伊藤平左衛門一族の家を含む、農家約三十戸が全焼した。寺院も平左衛門家の菩提寺「東法寺《とうぼうじ》」が焼亡し、江戸期からの宗門人別帳や過去帳、寺の縁起を記した古文書が、庫裏とともに全て灰となった。その東法寺では後年、幕末までの歴代住職の名すら分からなくなったという。

これにより、平左衛門家と、伊藤三右衛門家との関係を伝えてきた古文書も、ことごとく滅失した。さらに大正、昭和と時が下るにつれ、旧領主・伊藤三右衛門家の存在は、人々の記憶から完全に消し去られていった。

縁《えにし》失いしのち

明治九年（一八七六）、「秩禄処分」が実施され、最終的には家禄制度は全廃。頼長の最後の現金収入の道が絶たれた。またこの年「廃刀令」発布に伴い、武士の魂とされた帯刀が禁じられ、名実ともに武士の時代は終わった。

頼長の周囲の武士たちは、「時代の要請」というものを理解し、武家の枠を越えた新たな社会的使命を悟りつつ、自らの生き方を模索していた。

　例えば、頼長とともに長州藩士・世良修蔵を捕縛した大槻定之進。一時は新政府方に身柄を拘束されるが、赦されたのちは村の在郷屋敷に帰り、地域の殖産、養蚕の普及に没頭した。定之進の働きは、やがて異常気象や凶作を乗り越え、農産物の増産に寄与し、のち、村民に推され村長、県会議員の職に就いた。

　新牧村の頼長旧知行地近くに在郷屋敷を持っていた、元勘定奉行・石和田大膳は、村に初めて開校した小学校の校長となり、子供たちに読み書き算盤を熱心に教えていた。それまでの寺子屋と異なり義務教育となったことで、当初百姓衆は「働き手を奪われる」と小学校開校に猛反対であったが、村の名家の当主である石和田が、学校教育の必要性を説いて回ったことで「石和田様には逆らえませぬ」と子弟を通学させるようになり、村の識字率、ひいては生活水準の向上につながっていった。

　一方、頼長は――。

（儂の人生は一体何だったのか。藩にも一族親類にも時の運にも、全てに見放され、何一つ良いことはなかった。父には『武士とは何ぞや』と叩き込まれ、武芸学問に取り組んできたが、その武士の世も終わってしまう。何が御一新（明治維新）だ、何が文明開化だ……世間は浮かれているが、儂には何の関わりもないことだ……）

何もかも失いつつあった頼長がすがる唯一のプライドが「武士であり続けること」だった。生き方を器用に変えることができず、武士というものに拘り続けた結果、救いようもなく時代に取り残されるだけの身。このままでは、歴史の流れの中で消えていく運命であった。

明治四年（一八七一）の「散髪脱刀令」で髪型が自由化され、丁髷《ちょんまげ》が急速に減っていき、「散切《ざんぎ》り頭」が市中を闊歩する中でも、頼長は、頑なに断髪せず丁髷を結い続け、二本差しの刀も手元に置いていたが、「廃刀令」でついに刀を持つことを断念した。

頼長は結局、武家社会の枠組から一歩も抜け出すことなく、武士の終焉に殉じようとしていた。

人は身分や出自を問わず、絶えず「縁」と出会い、縁に支えられて生きている。一度《ひとたび》縁を失えば、なだれを打ったように生きる場所を失っていく、かくも脆く儚い存在である。

全ての縁を失い、寄る辺を失った頼長は、住まいの長屋から姿を消し、いずこかへ行方をくらませた。

その後の頼長の消息は、誰も知らない。

（完）

縁 或る武家のものがたり
― 仙台藩・無名武士の二百八十年 ―　作者解説

本小説執筆のきっかけは、長年筆者が抱いていた「我が家・伊藤家のルーツはどこにあるのか」という疑問であった。

筆者の父は生前、趣味で我が家の家系図を作成していたが、明治維新以前の家系については、解明に至らなかった。菩提寺の過去帳等が全て失われているなど、正確な家系を知る手掛かりが非常に乏しい状況である。

一方で筆者は、古文書等の調査を経て、本書第一章の主人公・伊藤肥後信氏を祖とする伊達家家臣・伊藤氏の系統（伊藤三右衛門家）を発見していた。同家知行地は、筆者の本家が代々有してきた田畑がある村に存在しており、筆者・伊藤家の一族＝伊藤三右衛門家の分家筋では……という期待が持たれた。しかし、本小説執筆中の時点で、その裏付けは取れていない。

ただ、伊藤三右衛門家は、戦国時代屈指の名将、片倉小十郎景綱の計らいで伊達家に仕官したのち、大坂の陣での活躍、身近で発生した寛文事件（伊達騒動）という悲劇、それを乗り越えての順調な出世を経て、その後の急速な没落の可能性など、毀誉褒貶に富んだエピソードを残し、歴史の彼方へと消えていったことが、収集した歴史史料で読み取ることができた。

伊藤三右衛門家は、日本の歴史上、全く無名の小さな武家であるが、これを「未だかつて、誰も知られざるドラマ」として、創作を交えてまとめてみたい。この欲求がふつふつと湧き上がり、筆者にとって初めての小説を執筆するに至った。

なお、本小説の登場人物は、第一章・第二章は、古文書等から事績を発掘したほぼ実在の人物、第三章は、大半が実在人物をモデルに氏名や身上等を創作した架空人物である。第三章では前章から一転、主要人物が厳しい現実に苦悩を重ね、あるいは不名誉な扱いを受け、また滅びの道を歩んでいくため、子孫の方に対し、ご先祖の名誉に配慮すべきで、実在人物のまま出すのは控えた。

伊藤三右衛門家関係者の、明治以降の消息は不明であるが、もし子孫の方が本小説を読まれる際は、右記につきご理解をお願いしたい。

令和五年九月　筆者記す

【参考文献】

『仙台藩士族籍』『家中人数調』『士族姓名簿』『卒禄高取調帳』『明治八年 宮城郡地籍地引牒』宮城県編纂資料、宮城県公文書館蔵
『安政補正改革仙府絵図【令和版】〈1856(安政3)年~1859(安政6)年〉』風の時編集部 二〇一九
相原陽三編『元禄補遺仙台藩家臣録』今野印刷 一九九五
大塚徳郎編『続 仙台藩重臣石母田家文書』刀水書房 一九八九
笠原信男『江戸時代の宗教観と芸能の盛行』令和二年度東北歴史博物館館長講座 二〇二〇
河北新報編集局編『仙台藩ものがたり』河北新報出版センター 二〇〇二
河北新報編集局編『明治維新と東北 戊辰の役百二十年』河北新報社 一九八八
菊田定郷『仙台人名大辞書』仙台人名大辞書刊行会 一九三三
小林清治『人物叢書新装版 伊達政宗』吉川弘文館 一九八五
齋藤鋭雄『仙台藩役職任免一覧(I~IV)』宮城農業短期大学学術報告26~29 一九七九~八一
札幌大学社会学演習研究部編『宮城県宮城町芋沢実態調査報告書』札幌大学 一九七三

柴田町史編さん委員会 編『柴田町史　通史篇Ⅱ』柴田町　一九八九
菅野正道「仙台城下『町人列伝』15 全国有数の名馬が集まる仙台馬市のまとめ役『山崎平五郎』」
仙台商工会議所月報『飛翔』二〇一〇年五月号
菅野正道『伊達の国の物語―政宗からはじまる仙台藩二七〇年―』プレスアート　二〇二一
仙台郷土研究会 編『仙台藩歴史事典』仙台郷土研究会　二〇〇二
仙台市宮城地区郷土史探訪会 編『仙台市青葉区宮城地区雑記帳・増補版』二〇一二
平重道『仙台藩の歴史 伊達騒動』宝文堂　一九七〇
高橋亮『柴田町の歴史文化と教育福祉に関する研究と課題―柴田外記朝意350回忌を祈念して―』仙台大学高橋亮研究室　二〇二〇
田辺希文、田辺希元、田辺希績『伊達世臣家譜』『伊達世臣家譜続編』仙台藩編纂資料
支倉清・支倉紀代美『家中・足軽の幕末変革記―飢饉・金策・家柄重視と能力主義―』築地書館
二〇二一
堀田幸義『仙台藩の武士身分に関する基礎的研究』宮城教育大学紀要51　二〇一七
本多俊彦『仙台藩知行宛行状について』東京大学経済学部資料室年報3　二〇一三
三原良吉『宮城の郷土史話』宝文堂出版販売　一九七五

宮城県寺院総覧編纂会 編『宮城県寺院大総覧』宮城県寺院総覧編纂会　一九七五
宮城縣 編『宮城縣史』財団法人宮城縣史刊行会　一九五四〜五七
宮城縣志田郡役所 編『志田郡沿革史　完』宮城縣志田郡役所　一九一二
宮城町誌改訂編纂委員会 編『宮城町誌本編（改訂版）』仙台市　一九八八
宮城町誌改訂編纂委員会 編『宮城町誌資料編（改訂版）』仙台市　一九八九
結城実 編『敷玉物語』私家版　一九八〇　大崎市図書館蔵
J．F．モリス『150石の領主―仙台藩士玉蟲十蔵の領地支配―』国宝大崎八幡宮　仙台・江戸学叢書24　大崎八幡宮　二〇一〇
「仙台まちあるき」シリーズ―⑤『仙台城下絵図〈寛政元年頃／1789〉』風の時編集部　二〇一二

※本小説中に掲載した古地図（第三章中の『御役目』文中掲載）は、右記史料から転載した。転載の快諾を下さった、発行元の風の時編集部・佐藤正実氏ほか関係各位に厚く御礼申し上げる。

〈著者紹介〉
伊藤真康（いとう まさやす）
昭和47年（1972）仙台市生まれ
平成7年（1995）東北学院大学文学部史学科卒（日本古代史専攻）
会社員、法務省法務事務官を経て、平成28年（2016）から株式会社福興舎《ふっこうしゃ》代表
本作が処女小説

縁《えにし》 或《あ》る武家《ぶけ》のものがたり
― 仙台藩《せんだいはん》・無名武士《むめいぶし》の二百八十年《にひゃくはちじゅうねん》 ―

2024年3月21日　第1刷発行

著　者　　伊藤真康
発行人　　久保田貴幸

発行元　　株式会社 幻冬舎メディアコンサルティング
〒151-0051　東京都渋谷区千駄ヶ谷4-9-7
電話　03-5411-6440（編集）

発売元　　株式会社 幻冬舎
〒151-0051　東京都渋谷区千駄ヶ谷4-9-7
電話　03-5411-6222（営業）

印刷・製本　中央精版印刷株式会社
装　丁　　弓田和則

検印廃止

Printed in Japan
ISBN 978-4-344-69000-4 C0093
幻冬舎メディアコンサルティングＨＰ
https://www.gentosha-mc.com/